彩虹麗子

藤原進三——著

獻給麗子

目次

推薦

袁瓊瓊（作家）

身爲人父與人夫的藤原進三，在「什麼都不能了」的時候，爲兒子寫了《少年凡一》，爲妻子寫了《彩虹麗子》。書中他所創造的，可能不是在現世存在的身分與生活，是他的夢，那是他期望帶給孩子與妻子的人生。

許慎《說文解字》中解說「愛」這個字，用了「行皃」兩字。「行皃」是：「行走貌」。古人對愛的看法很簡單，那就是「走在一起」。藤原進三本人，也許過往也曾呼風喚雨，男人在心比天高的時候，其實不太容易與家人「走在一起」。而現在，他終於得以透過他自己的方式，再度與家人同行。

所以，這本《彩虹麗子》確實是一本愛之書。作者在告訴妻子：「我看見你了，也聽見你了。」

林志嘉（立法院祕書長）

文字魔術師藤原進三繼《少年凡一》中以歷史、宗教、神學、美學、文學、科學、哲學、心理學各個面向所展現出的狂野不羈想像力之後，這次另以女性領袖、名畫意象、數字密碼三元素，交織寫出極具臨場感的另類時事小說《彩虹麗子》，則是除了讓我們再次見證到，他在神祕數字密碼、西洋名畫藝術等不同領域上的專精論述之外，也讓我們驚訝於，他對當今瞬息萬變國際政治局勢的精準掌握度。尤其是，身處於沒有圖書館、沒有電腦、沒有 Google 封閉環境中的藤原進三，居然能夠對當前詭譎多變的國際政經情勢同步進行精闢入裡、淋漓盡致的分析判斷，再加上對於人類共通處境、難題，持續不斷的慈悲關注，在在都令我讚嘆、敬佩並且感動不已！

陳柏言（作家）

藤原進三再次展示百科全書規模，以彩虹數字學為經線，拉引當世最具權威及代表性的九位女性，旁涉藝術史，神話學，人類學，乃至於國際情勢，絢麗紛陳，奪人耳目。故事中，麗子所代表的數字1，猶如聖母，象徵著萬物的起始，「1就是無中生有，就是發明創造。」事實上，少年凡一、岩崎麗子、藤原進三，看似分立，其實「三位一體」。他們是三，也是一，通過小說文字的三稜鏡，折映出世間的萬千色彩。中國古典文學中，有「男子作閨音」的傳統，最著名的即是屈原放逐時所作的《離騷》。而《彩虹麗子》一書，藤原進三似也假代女聲，曲折表述心事。九個女人，九幅畫作，九則故事，無不寄寓著幽深的符碼，等待破譯與解讀。

陳耀昌（醫師作家）

向藤原進三致敬，他在極艱困的環境下，七個月之中完成了兩本書：《少年凡一》爲兒子、《彩虹麗子》爲妻子而寫，這大概是世界文壇的創舉。

從《彩虹麗子》，我們再度見識了作者知識的廣度與深度，對哲學的融會貫通，以及文字的出神入化。作者暢述神祕數字學，並以之分析國際時事，針砭人物。更妙的是分別於二〇一五年九月與十月寫就的希拉蕊及朴槿惠兩篇，主角都在約兩年後面臨了命運的大翻轉，讀者可以立即依此檢驗這個神祕的「彩虹數字學」，成爲閱讀這部小說的另類樂趣。

劉昭儀（我愛你學田市集創辦人）

迫不及待開始計算自己的彩虹數字，是在我讀完《彩虹麗子》第一篇之後——彷彿這樣才能身歷其境地融入某種祕密組織，鍵入正確的通關密語，來通透地讀完全書。

獄中的作者藤原進三，選擇以這樣的禮物送給太太，包含了最受女性青睞的元素：有爲者亦若是的女力、浪漫感性的藝術文化、神祕靈性的生命玄學，甚至名流八卦的閨密分享等。

原來，這是男性對生命伴侶的期待啊！雖說書中有句話說得好：每一個苦命女人的前面，一定站著一個混帳男人！但被困在牢獄中的作者，某種程度上還眞是上窮碧落下黃泉地爲女性勾勒出現實與虛幻間，無限穿越、如煙火般絢爛繽紛的愛的樣貌。

蔡瑞珊（青鳥書店創辦人）

沒有框架的故事形式，卻誕生自被鐵般牢籠禁錮住的框架世界裡；他的身體被時間約束，思想卻是無限自由。藤原進三不如一般自由寫作者輕易，他必須一星期一次，每次從一章、一段故事重新開始，但總是能邏輯清楚地以生命的數字對應現實人生的困境，並援引經典畫作爲提醒，以人性與未來作結語。

藤原進三自言《少年凡一》與《彩虹麗子》是「無邊際書寫」的「無邊際小說」，最終回叩到對兒子和妻子的深愛之情。擁有如此博大精深的文采，卻自比爲《潛水鐘與蝴蝶》中主角的癱瘓無力與自廢自棄。書寫，似是他面對悲傷際遇時，所發出既深沉且迫切的喘息。而《彩虹麗子》以數字剖析女性在宇宙間的神祕力量，打開本書，彷彿就能獲得改變生命的鑰匙。

鍾文音（作家）

數字對應女人、生命特質與藝術，其中以藝術的相關對應最爲吸引我。麗子選的畫作所對應的名女人，其分析非常有意思，彷彿是新興的心理解讀門派。

很多朋友曾笑我也是某種變形的當代女巫，因爲自己對數字也是超級敏感。這套源於希臘的生命數字密碼，從人類的出生年月日運算出先天數與生命數。每個人讀這本小說，都會看到自己對應的數字所蘊含的生命特質，每個數字都「因個人對應行爲模式的不同而區分爲低階、中階、高階，甚至終極超越的特質型態」。看到麗子筆下數字3所對應的女人是安潔莉娜·裘莉時我就微笑了，那是我喜歡的女人，善良美麗又很有個性。

但小說最讓我喜歡的是提出數字密碼背後的觀點，亦即每個數字都有其偉大與平凡之處。讀此小說，能讀到外在世界的骨架又能返觀自我生命心理的血肉，是一本精采又好看的作品。

數字 2 的女人

希拉蕊

HILLARY CLINTON

《龐巴度夫人》
莫里斯・康坦・德・拉圖爾，繪於 1755 年

從關西機場到京都市，最快速便捷的方式，就是搭乘JR的空港特急列車「遙」號。只要七十五分鐘，中途僅在大阪市中心的天王寺附近停留兩三站，就直抵京都車站。雖然從小生長在有著私家轎車、司機接送的環境，岩崎麗子還是很喜歡搭乘大眾交通工具，尤其是電車。她總覺得，從電車疾駛而過的沿線所看見的景致，是其他行進方式領略不到的，一種獨特的日本風土印象。所以，在國內旅行，只要有新幹線和電車可以搭乘，必定是她優先的選擇。

這次出國歸來，丈夫藤原進三要來接機，麗子也是依照慣例提醒進三不要開車。不到一星期的旅程，又是夏季，行李只要一個登機箱就綽綽有餘。西雅圖直飛關西機場的航程不超過九小時，全日空波音七七七的頭等艙，讓人還來不及覺得困倦就已經降落。不像外國旅客入境通關必須大排長龍，持本國護照入境，腳步幾乎不必停下來，通行無阻地在入境大廳和進三會合，進三已經將遙號特急的指定席車票買好等著了。

藤原家唯一的男孩凡一，以往只要媽媽出國回來都會迫不及待想早點見到麗子——小部分原因是母子感情好，大部分原因是麗子總是有著特殊有趣的旅行經驗可以分享。這次破例沒來接機，是因為暑假結束，第二學期開始，高二的凡一已經被就讀的東山高校選拔為跳級考生，馬上就要參加大學入學推甄學測，正在緊鑼密鼓地自修高三的學習進度好應付考試，時間異常珍貴。即使今天是星期六，也乖乖到學校用功讀書。以東大法學部爲目標的凡一，PR值（百分等級）一直都維持在99的高水準，如今更是如火如荼地投入應試準備中。

上了遙號特急列車，寬敞的商務車廂只有另一對銀髮老夫妻坐在後方遠端，即使從容地聊天說話也不用擔心影響別人。放妥行李，開啓一罐檸檬口味的「午後の紅茶」喝了一口，進三對於麗子的旅行經驗，好奇程度和兒子不相上下，立即問道：「新飛機怎麼樣？」

進三所指的新飛機並不是剛才麗子搭乘的全新波音七七七。這次到西雅圖，麗子是受邀去參加三菱重工旗下子公司三菱航空機會社研發的新型噴射客機ＭＲＪ原型機啓用典禮。三菱重工除了在二次大戰期間以製造零式戰鬥機聞名於世之外，戰後一九七〇年代也曾經生產一款三菱F-1戰鬥機，並且和美國空軍共同研發過ＪＦＸ戰機。不過，這次開發出來的ＭＲＪ，是三菱，甚至是全日本，第一次，從原始的概念、設計到全機的生產、製造，全程獨立完成的破天荒嘗試。這項創舉，等於是日本百年來航空科學以及製造工藝的智慧結晶。一架ＭＲＪ，有大約九十五萬種大大小小的零組件，其中65％是美國的中下游協力廠商生產的，而這款新型商用飛機最大的客戶市場也在美國。所以，三菱航空機會社乾脆將開發中心及生產製造基地設在西雅圖，就近利用美國的研發人才、零組件供應資源，同時，也更貼近市場，以提供客戶日本擅長的售後服務體系。這樣的「研發設計—製造生產—供應服務」跨國鏈結串流模式，正是全球化趨勢中一個比較良性的案例，不像跨國資本流動只會造成財富掠奪引發金融秩序混亂而已。三菱的做法，不但創造了美國航空製造業及周邊產業穩定的就業機會，更將提供長期的實質GDP（國內生產總值）成長助益，美國聯邦政府以及西雅圖當地的華盛頓州政府都大表歡迎。

只是，三菱造飛機，為什麼會邀請麗子主持啓用儀式呢？這就有點說來話長了。

岩崎麗子，是明治時期創立三菱財閥的岩崎家族傳衍到這一代的長孫女。一般人都知道岩崎家歷代男人在事業經營上的膽識、眼光、魄力和手腕，卻往往忽略了岩崎家的女性，百餘年來在日本近代政商權力變遷史上的重要地位。三菱的創始者岩崎彌太郎，生有兩個女兒，兩個都成為首相夫人。長女叫作春路，嫁給加藤高明，次女叫作雅子，嫁給幣原喜重郎，這兩個娶了岩崎家女兒的男人，後來都擔任了總理大臣。春路的女兒悅子，算是麗子祖母那一輩的岩崎家長孫女，結婚對象是岸和田藩主的長子岡部長景。岡部東大畢業進入外務省，升遷至文化事業部長，主管國際文化交流，二戰期間擔任東條英機內閣的文部大臣。戰後被美軍以A級戰犯拘禁了近兩年而後放逐，直到一九五二年才復出成為新成立的國立近代美術館首任館長——他身為戰前貴族，對傳統日本文化和現代西洋文化的造詣，無人能出其右。到了麗子的父親這一代，雖然麥克阿瑟下達了「財閥解體令」，迫使岩崎家族全面退出三菱集團的經營運作，岩崎家依然保有三菱企業中個人大股東的地位。三菱造出新世紀的新型機，由麗子這樣的岩崎家族女性作爲代表，在終戰七十週年的紀念意義上，既能夠彰顯出歷史和解的精神，又不致引發不必要的政治爭議。

岩崎家的女性，除了過去在政商權力關係中發揮作用外，更承襲了一項外界不得而知的不傳之祕：每一代的長孫女，就是家傳「彩虹生命數字學」的繼承人。這是一門由古希臘時期偉大哲人畢達哥拉斯創始的學問，洞察到宇宙萬物的流轉生滅，背後依循的規律法則，建立在可以用數字表彰推演的基礎上。所以，從數字的密碼，能夠解析出人的內在生命課題以及生世輪轉的軌跡。這套岩崎家先祖從荷蘭人習來的祕學，傳承到當今這一代的繼承者，就是麗子。所以，若要邀請一位岩崎家族成員，代表擁有一百五十年歷史的三菱集團，在新型飛機的啓用典禮上，執行舉起大木槌敲破巨型木酒桶的儀式，麗子是最適合恰當的。

「新型飛機很漂亮啊！聽了三菱的航空機開發中心執行長做了很詳細的簡報，在技術細節方面雖然不是很了解，給我的印象就是：波音的飛機像凱迪拉克的價格和油耗，加上福特的性能和設計；空中巴士是賓士的價位和內裝，結合雪鐵龍的功能和可靠性；我們的ＭＲＪ，大概就如同淩志加上豐田吧，沒有一樣是最頂尖的，但總體而言是物超所值令人滿意的。聽說已經爭取到不少訂單，生產線排滿了整整三年，今年年底第一批飛機就要交貨了。」藝術科班出身的麗子，只要是會用到電的高科技產品，大到汽車小至手機，其實重視的只有外型，至於性能價格之類，通常不多做考慮。事實上，MRJ是九十二人座的區域型噴射機，最主要的競爭對手是加拿大龐巴迪（Bombardier）的CRJ900，和巴西航空工業公司（Embraer）的E175。MRJ的載客數、航程距離和兩家對手相近，但是燃料消耗率卻比同級機節省了20%以上，非常具市場優勢。

「這次CNN一直重播妳們三個女生用木槌敲破酒桶的畫面，等於免費幫MRJ新型機做了一波全球造勢廣告，三菱總社應該很高興才對。」進三說的是，除了麗子，一起在啓用典禮中執行日本傳統「開鏡」儀式的還有另外兩位女性。一位是華盛頓州現任州長夫人，因爲MRJ的生產維修基地就在這裡。另一位代表聯邦政府的，則是正在爭取民主黨二〇一六年總統候選人提名的希拉蕊（Hillary Clinton）。MRJ的研發案，早在柯林頓政府時期就開始萌芽，在歐巴馬政府擔任國務卿的希拉蕊，對這項日美合作方案，更是不遺餘力地積極促成。事實上，希拉蕊是自從九一一恐怖攻擊事件之後，歷任的美國國務卿之中，對於亞洲戰略布局以及日本在地緣政治中的價值，認識得最透徹清晰的一位。面對十多年來美國將外交、軍事重心放在中東，加上中國在亞太地區強勢崛起的新局勢，首先倡議美國「重返亞洲」政策的高階領導人，就是希拉蕊。這次ＭＲＪ啓用典禮，美國國務院、商務部和日本外務省、經產省，在儀式人選的安排上可眞是煞費苦心。一個重要原因是，麗子不但對三菱集團而言具有無可替代的代表性，不知道爲什麼，她和希拉蕊竟然早就認識，而且私交甚篤。

日美兩國外交和情報部門不知道的是，麗子和希拉蕊深厚的私人關係，其實是建立在彩虹數字上。也難怪，兩個女人門關起來講些什麼，搞外交、情報的傢伙怎麼猜得到！

「研製這款新型機能夠提升日本的航空工業，又可以加強日美合作，三菱這項開發計畫的效益是多方面的，能夠幫得上忙，我很樂意。不過，本來只要三、五天行程就結束了，又被希拉蕊拉去他們阿肯色州的莊園多住了一晚，變成延到快一星期才回來。」

「民主黨提名初選雖說還有一年左右才正式底定，她的行程應該已經緊湊無比了，這種緊要關頭還抽出時間陪妳，可見她眞的很重視妳。」

「唉，是我陪她才對，尤其最近『電郵門』事件的影響，讓她民調一下降了10％，眞是很大的壓力。趁這次的活動會面，正好做彩虹數字諮商，順便沉澱一下、喘口氣，即使只有一天，也是好的。」

「涉及個人隱私和事業生涯的祕密，妳們彩虹數字諮商師的保密規範比我這個心理醫生要遵守的規定還嚴謹。但是，在不越界的原則下，能不能談一下她的案例，有沒有什麼特別的啓示？」進三其實就是很好奇。

「剛剛飛機在跨越太平洋上的國際換日線時，我就在想，希拉蕊眞的是一個苦命的女人。她的生命，由一個數字所主導。而每一個女人的生命和數字，似乎都可以用一幅畫作來表徵。希拉蕊的人生遭遇，讓我的腦海中強烈地浮現出一幅畫的影像，就像在宣示著她的命運情境一樣。」麗子在藝術史的研究卓然有成，專攻的是文藝復興時期藝術創作變遷。

「人生處境、生命數字、畫作象徵，將這三者在一個人身上所構成的意涵串聯起來，聽起來的確很有趣。能夠用這種方式去剖析解讀一個人，全世界大概只有妳做得到了。」

「少狗腿了，還不是想聽我繼續說希拉蕊？」麗子早就一眼看穿進三了。

「是啦。反正在不違背專業倫理的前提下，當作研討案例嘛。」

「希拉蕊中年階段數22／4，這是數字2，是以女性力量來進行治理的女王能量。數字2的生命特質是什麼？每個數字都可以因爲個人對應行爲模式的不同而區分爲低階、中階、高階，甚至終極超越的特質型態。數字2的生命課題是從依賴和背叛，到包容與原諒。2是月亮，自己不會發光，必須別人給他光亮。低階的2，就是依賴、沒主見、沒自我，從委屈求全逐漸養成虛情假意的習於配合別人，但是，骨子裡又很叛逆，所以就會投機取巧、詐欺謊騙。中階的2，會爲別人設想，開始學會有條件地配合別人或拒絕別人。到了高階的2，就培養出判斷眞假的能力，而且會從模仿的過程中，突顯自己擅長角色扮演的能耐，變成做什麼像什麼。至於終極進化的2，就是洞悉一切，而又能夠包容一切。所以說，數字2的人，會優柔寡斷，最好服膺老二哲學。會悲觀負面，但也心思細膩。有著傳統保守的價値觀，但也應該學會溫柔體貼，用以柔克剛的方式來實現自己的目的。」

「希拉蕊符合數字2的典型特質嗎？」進三問。

「我們來回顧一下她的生命歷程就知道符不符合了。她的才智能力完全不下於柯林頓，可是，當州長的是老公，選上總統的也是老公，她只能在老公的光芒底下做一個被間接照明打光發亮的女人。二〇〇八年民主黨形勢大好，誰知道總統提名黨內初選殺出一個名不見經傳的肯亞黑人後裔歐巴馬，硬生生把她逼到第二名非退讓不可，只好委屈求全地出任國務卿。希拉蕊的從政生涯到目前爲止，從年輕貌美的明日之星到現在做阿嬤了，都是在當老二，而且是既當過第一夫人又做過國務卿的史無前例天下無雙的老二，也眞是難爲她了。」

「爲什麼？既然生命數字是2，人生際遇也符合2的形式，爲什麼妳說她是命苦的女人呢？」

「因爲她是數字2，卻不甘於2，反而有著強烈的企圖和欲求，想要變成數字1，想要擺脫依賴，獨當一面，做一個完全自主的人。所以人生才會很苦啊！追求獨立自主，是每一個人都渴望的事。數字2的人，要能夠實現自我的解放、獲得自由，必須超越與生俱來的『2』給自己的限制與束縛，而不是捨棄2的特質，用1的做老大、出頭天來代替。所謂超越，就是要學會原諒和包容，才有機會從低階的2進化到終極版的2。否則的話，一味棄2逐1，就會變成一個盲目追求權力的人。」

「很有道理，這樣的建議，她聽得進去嗎？」

「就是因爲一路以來不斷地以這種態度調整自己，希拉蕊才能走到有望角逐大位的今天。我第一次替她諮商是在陸文斯基事件爆發之後不久，正是她人生最痛苦的低潮，不只痛苦於老公偷吃，更痛苦於偷吃到全世界都知道。那時候她的心情是：想殺了柯林頓。這段過程，後來在她的自傳裡有提到。當時我就告訴她：如果眞的想要做妳自己，唯一的辦法就是原諒。她做到了。現在，沒被殺掉逃過一劫的柯林頓，反而成爲她爭取總統寶座最大的資產和助力。其實，若不是陸文斯基事件，柯林頓以其卓越的領導和斐然的政績，是很有資格名列美國戰後偉大總統的。直到今天，柯林頓在美國人民心目中，仍然具有很高的人氣和聲望。第二次關鍵的諮商是二〇〇八年總統大選的民主黨初選，我建議她認輸，接受歐巴馬給予的國務卿職務，促成民主黨總統候選人的整合和黨內團結。這也是數字2的功課：眞心誠意和別人配合。她做到了。民主黨順利達成政黨輪替，後來她才有可放手一搏的局面。事實上，歐巴馬雖然給了她國務卿的位子，卻根本不理她，不讓她參與白宮的重大決策，把她阻隔於權力核心之外，讓她挫折氣憤得早就想翻臉辭職不幹。我就勸她，忍耐，只管把工作做好。結果，她成爲美國歷史上，訪問過最多國家的國務卿，並且，創下任內飛行距離和時數最長最久的紀錄，不但累積了雄厚的國際人脈關係，也建立起宏觀廣闊的全球事務處理能力與經驗。這些，都是歐巴馬不理她，她只好不停往外跑的意外收穫。」

「眞是精采，也眞不簡單。那麼，明年的總統大選她應該會順利吧？」

「有希望，可是考驗也很多。別的不說，她的冤親債主歐巴馬就不放她好過，一直慫恿現任副總統拜登出馬和希拉蕊競逐提名初選。拜登年事已高，唯歐巴馬馬首是瞻，想必是要利用他來牽制，作爲未來分配權位資源的籌碼吧！最近的民調，希拉蕊和共和黨口無遮攔但一路領先的大男人兼白種沙文主義者川普對比，竟然落後超過5%，眞是內憂外患，前途多艱啊！」

「那麼，這次見面，妳給予她什麼樣的參考意見呢？」

「以柔克剛，這是數字2的人最大的優勢，何況她又是美國兩百多年以來第一位最有可能成爲總統的女性。她的聰明、幹練、才智雙全、意志堅定等，所有優秀領導人應該具備的人格特質，大家都公認無疑。但是，直到現在，卻仍有六成的美國人民表示『不喜歡』她。所有人都承認妳厲害，卻又無法接受妳，問題一定出在妳身上有一種大多數人討厭的東西。就希拉蕊而言，這個東西叫作『強勢』。她太強勢了，強勢到，所有女性的正面特質都被泯除了，不只如此，甚至強勢到引起反感。比如電郵門事件，其實沒什麼大不了的，但她就是嘴硬，從頭到尾不認爲自己有錯，連一句抱歉都不肯說，才會愈滾愈大，難以收拾。」

「難怪前幾天她終於在NBC電視專訪中正式對這件事承認錯誤了，應該是聽從了妳的建議吧。」

「我只是從生命應該如何超越的觀點，引導她省視自己人生課題的可能選項而已，最後還是要靠她自己做成決定。不過我相信，雖然有點晚，還是來得及，這是一個正確的抉擇。」

「那麼，這個數字2的女人，有機會成為美國歷史上離總統寶座最近的第一位女性，讓妳聯想到哪一幅畫作呢？」

「莫里斯・康坦・德・拉圖爾（Maurice Quentin de La Tour）的《龐巴度夫人》。這幅一七五五年的作品，現藏於巴黎的羅浮宮。它是一幅蠟筆畫像，卻有著完全不亞於油畫的層次感、透明感，以及豐富的光線和色彩。主題是端坐在凡爾賽宮中，時年三十四歲的法王路易十五寵姬，龐巴度夫人。拉圖爾作畫時，龐巴度夫人已經成為國王寵姬十年之久，地位穩若磐石。這幅繪畫，正是數字2女人和權力追逐之間最好的寫照。」

「怎麼說呢？」進三是心理學家，在藝術、政治和歷史方面，麗子的知識背景比他深厚廣博得多。

「這位龐巴度夫人，許多專家學者與文獻著作稱她為龐巴度侯爵夫人，其實是對當時法國宮廷制度不了解所造成的錯誤。她的正式頭銜是『寵姬』，這不是對國王所擁有的眾多愛妾的通稱，而是因為她是法國國王第一位出身平凡的情人，為了方便她行走官廷，特別為她設立、支給薪酬、年金的宮廷官職。在擔任寵姬期間，龐巴度夫人同時領受了由國王冊封的龐巴度領地和侯爵資格，甚至後來受到皇后賞識重用後，還由皇后授與女公爵的頭銜。所以，她並不是因爲老公是侯爵才具有貴族身分，而是靠自己掙來這個頭銜的。」

「厚！這麼說，應該是一位狠角色囉。」

「在當時男人的權力遊戲中，女人要成爲狠角色，前提條件就是非得才貌兼具才行。龐巴度夫人本來並不是貴族，只不過是出身富裕的布爾喬亞資產階級，所以剛開始進宮廷時，有許多背地中傷的閒言流語。但是沒多久，就被她以遠勝於皇室貴族的豐富知識卓越才情所折服，贏得了眾人的敬意。將洛可可風格引入皇宮形成法國宮廷洛可可文化的，就是這位女士。她不但在文學、藝術方面引領風騷，在宮廷的政治決策之中，也是權傾一時。歷史上最被人津津樂道的就是法國龐巴度夫人，聯合了奧地利的瑪麗亞·特蕾莎女皇，以及俄羅斯的葉麗薩維塔女皇，三個女人，發動了對普魯士國王腓特烈大帝的戰爭，把腓特烈逼到幾乎走投無路的境地，史上稱之爲『petticoat battle』。」

「襯裙戰役？」

「沒錯，三個穿襯裙的女人聯手壓制一個不可一世的大男人，就是龐巴度夫人的傑作。可以想像，智商不高的路易十五是如何地對她言聽計從了。有趣的是。這位一人之下萬人之上的女性，自己是有丈夫孩子的。她老公也是一位布爾喬亞，結婚後的第四年，龐巴度夫人告知他：『接下來我要擔任國王的寵姬了！』在不准離婚的天主教信仰下，老公無可奈何也只能認了。從此之後，老婆益發往高不可攀的權力頂峰直升而上，老公則背負著『全法國最有名的戴綠帽男人』名號。幸好，法國文化對此不太介意，對於龐巴度夫人以人妻身分擔任寵姬行走宮廷介入政事，也覺得理所當然。」

「難怪，每位法國總統，例如戴高樂帶著情婦參加國賓典禮，好像不管私生活如何多采多姿都沒關係。」

「法國早在二十年以前，就已經有超過一半以上的新生嬰兒是非婚生子女了。說不定，這就是法國式的男女平權吧。回過頭來說拉圖爾的這幅代表畫作。人物的表現，呈現出超越時空的臉部細節：立體高挺的五官，淡妝而知性聰敏的神情，完全是現代成功職場女性的模樣。身上穿著的低胸禮服，是當時法國時尚產業的尖端流行。旁邊擺放的書籍，是《百科全書》和《論法的精神》，突顯出肖像人物對知識學問的熱愛。作爲一個渴求權力、追逐權力的女性，這幅畫作所傳達的，不折不扣是數字2女性最成功的典範，因爲，龐巴度夫人將以柔克剛的精髓，發揮到了極致。」

「的確非常具象，也非常貼切。這位數字2的女性再怎麼於權力的競技場中呼風喚雨，在身分的限制之下，頂多也只能屈居老二，只能像月亮一樣，等待別人給她光，自己是發不了光的。」

「是的，所以數字2的人，『等待』也是一門必修的功課。這門功課，希拉蕊也修得夠久了。幸好時代不一樣了，在十八世紀，女性不管多有才華，除非有一個當國王的爸爸，否則是不可能靠自己力量攀至頂峰的。如今，即使仍然不是完全的平等，至少在許多國家，女性已經有機會成爲最高統治者了。只是，彩虹數字像希拉蕊這樣是2的女人，要克服、超越的困難會比其他人來得更多。人就是這樣，愈是生命中不容易獲得的，通常愈是自己想要的。」

「今天聽妳把女性的處境遭遇，和彩虹數字的生命課題，以及世界著名畫作三者結合起來論證，實在很有意思。這樣的解析模式，應該可以繼續發展，應用在其他案例上吧。」進三不失學者本色，總是立即想到如何增加研究案例並且將個案研究模式化、理論化。

「我已經想過了，的確可以這麼做，有好幾個現行的人選，就很適合用這種方法來解析。」麗子回答的同時，遙號空港特急已經通過大阪地區，進入京都府境內，再二十分鐘不到就要抵達京都車站了。

「眞的嗎？我很有興趣聽妳一個個分析下去。妳還想到哪些有意思的案例，先提示一下，好嗎？」

「從希拉蕊的例子，讓我聯想到我們國家當今的第一夫人，總理大臣的太太，昭惠小姐。她的情形，恰好和希拉蕊形成極端強烈的對比。」

「首相夫人昭惠小姐不是妳的粉絲嗎？她的故事肯定也很動人。眞的好想聽喔。」

「什麼我的粉絲，人家現在已經是第一夫人了，只不過是很另類的第一夫人就是了。我可以先提示你，昭惠的生命數字是5。和她對應的畫作是文藝復興時期偉大畫家桑德羅．波提切利（Sandro Botticelli）那幅超級有名的作品《維納斯的誕生》。若想聽我說，待會到了京都車站，知道該做什麼事巴結我才行吧？」

「知道知道！京都車站專售的驛便當：鯖魚便當。小的一下車就衝過去買。買兩個，一次孝敬兩個鯖魚便當，可以吧！」

「這還差不多。」想到鯖魚醋漬切片，平整地貼合在壽司米醋飯上頭，一口一個的滋味，麗子認眞地餓了起來。美國的牛排雖然好，在海鮮方面的烹調簡直還停留在石器時代，讓她這一個星期來，強烈地想念日本料理的和風口味。每次出國回來，在京都車站買了鯖魚便當，吃下第一口的瞬間，麗子才會從心裡湧起一份熟悉且踏實的感覺，告訴自己：回到家了。

列車駛進月台，麗子將進三喝完的午後の紅茶空罐收拾起來準備帶下車。這款暢銷飲料，Kirin 生產的。Kirin，麒麟啤酒，也是三菱集團的關係企業，岩崎家族創設的。麗子本人都不清楚，其實自己還間接持有這家公司的股份呢。

（寫於二〇一五年九月十二日星期六）

數字
5的女人

安倍昭惠

あべ あきえ

《維納斯的誕生》
桑德羅．波提切利，繪於 1484-1486 年

看完東野圭吾的推理新作《當祈禱落幕時》，放下書，麗子滿足地輕聲嘆息。這種忘卻一切，全然進入小說情節所營造的氛圍中，從鋪陳布局到終場結尾一氣呵成讀完的過程，實在過癮極了。特別是東野圭吾的「加賀恭一郎系列」，輪廓清晰的人物刻劃，總讓她在閱讀主角加賀刑警解謎破案的時候，腦海中浮現由阿部寬扮演此一角色的形影。沒辦法，加賀系列改編的電影裡，阿部寬簡直將加賀刑警演活了，使得小說人物和電影影像重疊得再也分不開。這就好比看《教父》的原著小說，就會想起艾爾．帕西諾，看《達文西密碼》就會浮現湯姆．漢克，還有，看湯姆．克蘭西的「傑克．雷恩系列作品」，心中自動就會出現哈里遜．福特，完全一樣的道理。最近幾部加賀故事，都是以東京日本橋地區爲地理背景。在描述社會底層、探測人性深處的同時，也將這個從江戶時代就開始發展的城市古老街町，與現代的光景樣貌，做了比3D列印更爲寫實的掃描。日本橋，可以說是日本城市的原點，東京都內的故鄉。

看了一下午書，讀完結局，才發現肚子餓了。晚餐吃什麼呢？麗子心想，恰好有總理夫人昭惠特地從東京宅配來的「京粕漬」料理，就拿來當作晚餐吧。粕漬，是指用酒糟將肉、魚、蔬果等食材醃漬起來的一種保存方式，尤其是海鮮類的漁獲，在沒有冰箱冷藏冷凍又必須長程運輸的時代，這是靠海爲生的古代日本人爲了保持新鮮所創造的生活智慧。後來，逐漸從保鮮技術發展成爲一門獨特的烹調料理手藝。不同的食材，使用不同的酒糟醃漬，經過不同的時間浸潤入味，達到不同程度的發酵之後，呈現出各式各樣變化多端的特殊風味。在調理程序上，是先將食材所沾附的酒糟渣滓，用清水徹底洗淨之後，再以燒、烤、煎、燉、煮等各種方式，依食材的特性進行不同的處理。這次昭惠寄送來的京粕漬料理，食材種類就包括了：甘鯛、透抽、北鯧、扇貝、鱈魚子、大明蝦等，都是海鮮。

總理夫人送的東西，不是在一般築地魚市場就買得到的粕漬。這些，都是位於東京日本橋人形町的京粕漬名店「魚久」所製作的料理。不惜老遠從東京送來，可見昭惠和麗子的關係非比尋常，知道麗子天生對於美食無法抗拒。魚久這家店，從大正三年（一九一四年）創始至今，剛超過一百年不久。當初創業時本來是從事鮮魚買賣生意，後來成爲京粕漬的專門店，就在日本橋人形町的現址開業。在經年累月的生活記憶堆疊之下，這家老店，如今已經是當地庶民街町文化的代表象徵了。日本橋，特別是其中的人形町，被視爲是保留了最深厚「江戶情緒」的老店區。英年早逝的日本傑出女作家向田邦子曾經在散文集《女人的食指》中，這樣子寫著：「到了人形町不順道過去『魚久』是不行的。……傍晚時那附近就會聚集一大群主婦，都是對它的味道充滿了信賴而來的。」

看過以日本橋爲背景的推理小說之後，享用來自日本橋的京粕漬百年老店料理，麗子覺得，今天的生活真是難得地具有江戶風情。正想著，進三來到身邊，問道：「親愛的領導，什麼事情那麼高興，看妳在偷笑！」

「想到有好吃東西就很高興啊！昭惠從東京宅配了一箱京粕漬海鮮料理，待會晚餐弄給你吃。」

「太好了！京粕漬，配啤酒最棒。對了，說到昭惠，妳上次不是提示接下來要說她的案例分析嗎？離晚餐還有一段時間，不如趁現在，恭請麗子大師開示，好嗎？」

「可以啊。這樣子好了，站在一位尋常國民的立場，先聽你談一談對於昭惠這位現任總理大臣夫人的印象觀感，我再開始進行解析。」

「我想不少日本人都對昭惠夫人懷有好感吧。她在民間人氣之高，恐怕現在檯面上的政治人物，包括她老公在內，都沒人勝得過。她給人的感覺就是獨立自主敢說敢做，有自己的想法，不盲從流行也不屈服於權威。這種形象，或者說人格特質，是許多日本人，尤其是日本女性內心想做，卻又做不到的。所以很對大家胃口，很受到大眾接納歡迎。以往的總理夫人都是隱居幕後，不見身影，沒有面目的，只有昭惠夫人完全就是媒體寵兒。日本從天照大神建國，明治維新開國，千百年來，國家元首的老婆跑出來開了一家居酒屋，還天天在現場經營接待的，就只有她一位而已，不得不讓人佩服她勇氣可嘉。」

「是啊，今年三月十九日，歐巴馬總統夫人蜜雪兒來日本訪問，兩國的第一夫人要進行午餐會，昭惠就突發奇想把用餐場地安排在自己開的居酒屋『UZU』。兩個女人吃得很開心，卻讓日美兩國的維安特勤人員從頭到尾神經高度緊繃，直呼在居酒屋這種場所執行任務，難度實在太高了。事後我問昭惠，準備了哪些料理招待蜜雪兒夫人？她的回答很好笑。她說：本來在為菜單傷腦筋，後來靈機一動：把麗子平常喜歡的那些料理拿出來不就好了。果然讓客人非常滿意，賓主盡歡。」

「原來現在爆紅天天客滿的UZU居酒屋『蜜雪兒總統夫人套餐』其實是『麗子老師菜單』！讓人很好奇，到底有些什麼菜色？」

「就我每次都會點的那些啊：烤雞翅、胡麻豆腐、山口縣祝島生產的海藻羊栖菜、本地的高麗菜，還有對馬地方以原木栽培具有抗老化功效的香菇。都是天然食材，正合蜜雪兒口味。她跟昭惠說，為了健康自然，她甚至在白宮的庭院闢了一塊土地自己栽種蔬菜呢。」

「眞的假的？美國總統夫人在白宮種菜？」

「蜜雪兒親口跟昭惠說的，大概錯不了。美國的總統夫人，不包含隸屬於財政部編制的特勤安全人員，單單白宮正式編列為她服務的工作人員就高達二十六個職位，連服裝造型搭配都有專人負責。像這次蜜雪兒訪日，行程中的穿著打扮，就讓人打從心底佩服。」

「怎麼說？有這麼厲害嗎？」

「走下空軍一號專機時，她穿了一套由日本知名設計師高田賢三所創立的日本品牌 KENZO 設計生產的洋裝，這還不打緊，更用心的是，拜會日本天皇時所穿洋裝的顏色是日本國旗的紅白兩色，白底紅花。用這樣的服裝語言，來表示拉近日美兩國關係的心意，的確展現出作爲世界領導者的國家元首夫人應有的風範。」

「眞的不簡單，雖然這種柔性外交是我們這些時尙名牌白癡看不懂的。說來有趣，每個正常國家領導人的身邊，都有兩個地位既特別又奇怪的角色，一位是他的副手，一位是他的配偶。每個國家的副總統，都要找那種最沒聲音、最不具威脅的人來擔任。然後，看元首高興賜給副手多少權力，他才有多少功能，否則，一點用處也沒有。至於第一夫人，她完全沒有民意基礎，卻又擁有相當的影響力，必須行使一些和國家運作有關的職務。有時候，總統還得怕她三分，特別是要競選連任的，最擔心夫妻失和家庭破碎老婆跑出來鬧，變成全國笑柄婦女公敵。各國的第一夫人，除了希拉蕊和昭惠，妳不是還認識好幾位嗎？」

「憑心而論，許多歐美國家的第一夫人，都有自己的格調和個性。像是小布希總統的太太蘿拉．布希，曾經跟我說：『對我來說，擔任第一夫人並不是一個新的人生起點，只是把我原先最擅長的、做得最好的那些事情，繼續做下去而已。』另一位讓我印象深刻的是英國前首相布萊爾的太太雪莉．布萊爾。她是一位律師，丈夫當上首相，她照樣執業當律師，甚至還代表當事人出庭和英國政府打官司，英國政府的代表人就是自己的首相老公。不只如此，雪莉為了貫徹職場和家庭兼顧的原則，在布萊爾擔任首相期間還懷孕生小孩，結果，讓布萊爾成了英國歷史上第一位請育嬰假回家帶小孩的總理大臣。」

「太強了，原來家庭地位低落的好男人不只我一個，歐美國家比我們先進多了。」

「知道就好。相對來說，日本的政治生態，向來就太過父權主義了。早期的政商聯姻，像我家先祖也出過幾個總理夫人，如果女方家族勢力雄厚，彼此之間就多少還能夠相敬如賓。否則，自古以來日本的政治家，根本不把女人當一回事。戰後金權政治最極致的代表人物首推田中角榮前首相。他不是世家子弟出身，是從基層打拚上來的一代梟雄。他曾經很自豪地說：『我啊，同時有四個女人，卻能夠把四個都擺平得服服貼貼。怎麼做呢？一個揍她，一個買和服給她，一個給她錢，另一個送包包就好。』直到現在，有些政客都還多少殘留了這種要不得的心態，只是不敢那麼明目張膽而已。這是最傳統典型的日本父權封建思維。到了小泉純一郎擔任首相的時代，日本出現了第一位單身的總理大臣，看似進步了，其實背後有著不爲人知的內幕。小泉也是政治世家，他們家族眞正掌控大權的是純一郎的大姊。這位大姊從小一路呵護栽培弟弟走上政治之路，一直到選上好幾次國會議員，具備入閣條件，眼看總理寶座在望，大姊認爲這弟妹不稱頭，欠缺作爲未來第一夫人的資質，反而可能有潛在的負面風險，於是一聲令下：兩人離婚。其實就是叫純一郎把老婆休了，趕出家門。所以，小泉前首相的兒子，現在國會議員中的黃金單身漢小泉進次郎，如今都三十四歲了還沒結婚，可能就是小時候父母婚姻破碎所留下的陰影造成的吧。」

「眞可怕，難道日本第一流的政治人物裡，就沒有善待自己太太的嗎？」

「也是有啦！像是橋本龍太郎前總理的夫人久美子女士，就是一位快樂又可愛的老太太。她、昭惠跟我三個人，都是聖心女子學院畢業的。久美子夫人到現在還老當益壯喜歡練『薙刀』這種古典的刀法，在東京武道館有練習室，常常叫我們去陪她練，幸好我在京都，昭惠可就叫苦連天了。」

「第一夫人的逸聞趣事說了許多，應該回歸正題來談現任總理夫人昭惠小姐了吧。剛才我說到一般國民對她的觀感，這是外在印象，難道還有著截然不同的內在樣貌嗎？」

「先從數字切入好了。昭惠的生命數字是5，主命數32／5。這是一股很不穩定、一直想要往外衝的能量狀態。5的生命課題，就是從制約到解放，從挑戰未知到自由自在。數字5的人，每天都想往外跑，攔不住也管不了。在性格上就是野性，在行為上就是冒險。低階的5，很不安定，很不安穩，常常三心二意，多心又多情，迷失方向也迷失自己。中階的5，開始知道心裡要什麼，會主動積極去挑戰未知，重視品質的提升。高階的5，不再茫然之後，懂得回歸原點，找到眞正屬於自己的自由自在。總的來說，數字5的人，青春熱情，性感豪放，不喜歡被約束，加上多情種子，雖然機會很多，但是考驗也很多，所以爛桃花也很多，小三小四小五或小王小林小鮮肉一堆，不知如何善後，往往問題也一大堆。」

「看來生命數字5的人，人生歷程會很勁爆。這樣的人通常都很有魅力，但是放在身邊又好比一顆定時炸彈，是不是？」

「如果不能往高階的方向提升的話，的確是。」

「那麼，昭惠夫人符合數字5的特質嗎？」

「完全符合。先從思想來看，昭惠稱呼自己是『家庭在野黨』。在許多重大政治議題上，不但和身為國家領袖的丈夫背道而馳，還經常公開發表和老公立場相反的言論。例如首相支持重新啓動核電，昭惠則主張不能保證安全就應停止核電；首相推動安保法制鬆綁，力主修改憲法，昭惠卻強調現行憲法第九條的和平憲法放棄戰爭條文不能刪除。這種在公共事務上有自己的想法和堅持，並不是原來就有或突然發生的。昭惠說剛和老公結婚時，覺得丈夫是最優秀的政治人物，他的見解和立場百分之百是正確的，所以百分之百照單全收。慢慢地，經過不斷質疑、反思與探究之後，找到了自己眞正能夠相信的事實，才建立起屬於自己的信念和價值觀。」

「在思想上確實像是從制約到自由，那麼，行爲方面呢？」

「我問過昭惠，爲什麼想開居酒屋，她的回答是：想要自己賺錢。這個理由看起來簡單，背後的心理動機一點也不簡單。想賺錢，想在經濟上獨立，一方面表示想培養得以自由自在的能力，另一方面也顯示出『不想靠老公』、『不願再依賴丈夫』的內心狀態。有趣的是，昭惠下定決心自己創業之後，爲了怕招致反對造成計畫擱淺，一直瞞著老公，直到籌備完成，貸款撥付，居酒屋已經簽約裝修了，她才跟老公說。反正木已成舟，反對也來不及了。結果ＵＺＵ開張營業的那個月，正好就是她老公贏得黨內總裁選舉確定即將接任總理職務的同一個月份。從此之後，兩個人就更加聚少離多，各忙各的了。可見，昭惠做這件事，心意有多堅定，行動有多積極，這眞的是數字5的人才辦得到的。」

「爲什麼？她本來的日子不也過得好好的，何必非得拋頭露面呢？」

「數字5的人就是喜歡拋頭露面在外面到處攪和啊！昭惠原本就是一個活潑開朗樂觀好動的女生，可是首相他們家是日本首屈一指的政治家族，祖父輩出過兩位總理，父親又當過外務大臣。昭惠嫁進這麼傳統保守的家庭，以她的性格，一定很不好受，很難適應。再加上首相的媽媽，也就是昭惠的婆婆，到現在都還和他們住在一起。夫婦兩人住二樓，婆婆住三樓，每天早上上樓去，在一張桌子坐齊了一起喊『いただきます』吃早餐。不要說外向的昭惠，連我都可能會感覺窒息。所以，開居酒屋，可以解讀爲是昭惠爭取自由的具體行動。現在可好了，顚倒過來。老公當上總理之後，不用跑攤也不用下鄉拜票固樁，每天晚上都準時九點回到家。反而是昭惠，居酒屋打烊已經半夜了，還經常和朋友去喝第二攤、第三攤。一開始還會假裝是和員工聚餐開會，久而久之習慣成自然，連解釋都不必了。現在昭惠對外反而說，很慶幸家裡有婆婆，這樣就算她不在家，至少老公回來還有媽媽陪他。唉！昭惠從以前就愛喝酒，我滿擔心她這樣下去早晚會出問題。不過，已經提醒過她，再多說就不好了。」

「妳說，昭惠夫人的數字5，對應的世界名畫是波提切利的《維納斯的誕生》，我上次聽了就感到奇怪，今天聽妳解析數字5的特質和昭惠夫人的狀況，更覺得似乎搭不起來。在這幅畫中，我們看到維納斯女神從海洋中出現，美得讓人摒息。這位女神赤裸著身體，僅用雙手和長髮遮掩，優雅地站在貝殼上。波浪般的金髮隨風飄揚，晶瑩剔透的肌膚和美好的身材曲線畢露，旁邊則有精靈在爲她祝賀。這幅畫作呈現女神降臨世界之初的浪漫神采，數百年來令所有觀賞者神往不已。維納斯，不就是美的化身嗎？不就是善與愛的象徵嗎？怎麼會和數字5的茫然、野性、不安穩，甚至有點胡搞瞎搞扯上關係呢？」

「沒想到藤原進三教授對這幅裸體女神名畫，眞是觀察入微、了解透徹啊！」

「哪裡哪裡。沒辦法，誰教這幅畫實在太有名了，從沐浴乳到保險套，都拿它當作行銷包裝，要人印象不深刻都很難。」

「可見，男人看女人只看外表是很危險的。維納斯何許人也？這是這位女神的拉丁文名字，她的希臘文名字叫作阿芙蘿黛蒂（Aphrodite），宙斯的女兒，希臘神話中奧林帕斯十二位主神的其中一位。的確，她是愛神，也是美神，更是愛笑的女神。可是她的品德性格，並不一定和美貌等同。阿芙蘿黛蒂，也就是維納斯，喜歡騙人，能騙倒所有神明和凡人。對那些中了她詭計的人，她總是報以甜蜜而嘲弄的微笑，讓人在她的魅力下莫可奈何。在古希臘的第一份文字紀錄《伊里亞德》裡，她是宙斯和戴歐妮生下的，但是在後世的詩歌裡，則傳說她出生於大海的泡沫中。阿芙羅（Aphros）就是希臘文中的『泡沫』，她的名字，就是『在泡沫中升起』的意思。維納斯誕生在現代希臘的施提拉島附近海面，然後漂流到塞浦路斯。所以這兩座島都奉她爲女神，她也時常被稱爲施提拉女神或塞浦路斯女神。然而，大多數人只知道維納斯從泡沫中誕生，卻不知道這泡沫是怎麼出現的？是從哪裡來的？是什麼東西？說來有點不太光彩，這泡沫，是宙斯的父親泰坦神克洛諾斯，閹割了自己的父親天空之神烏拉諾斯之後，烏拉諾斯的生殖器落入海中，其中的精液在海中所形成的。也就是說，維納斯女神，阿芙蘿黛蒂，是從精液的泡沫中誕生的啦！」

「原來如此。這麼說來，用這幅作品當作保險套包裝的設計者，也太有學問了吧。」

「誤打誤撞的吧！阿芙蘿黛蒂的誕生方式不夠光彩，這還不是最糟的，更慘的是，崇尚美麗又主宰愛慾的她，無法自由掌握自己的愛情，被父親宙斯強迫嫁給又醜又跛腳的打鐵之神赫費斯托斯（Hephaestus）。婚後的她經常遭到老公拳腳相向，算是家暴受害婦女。對愛的狂熱無法宣洩的阿芙蘿黛蒂於是開始劈腿，戰神阿瑞斯（Ares）、酒神戴奧尼索斯（Dionysus）以及海神波塞頓（Poseidon），都曾經是她的親密愛人。其中，勇猛的戰神阿瑞斯是她的最愛，他們至少生下了八個孩子，其中最出名的，就是射箭亂點鴛鴦譜的愛神愛若斯（Eros），他的拉丁名字叫作邱比特（Cupid），常被描繪爲長著翅膀不穿衣服的可愛小男孩。希臘神話裡有一則傳說，有一次阿芙蘿黛蒂和阿瑞斯偷情，兩人正在翻雲覆雨之際，被她老公逮個正著，將這對一絲不掛的男女綑綁起來，押送到奧林帕斯山上眾天神面前公審，讓大家評評理。」

「結果呢？」

「唉！希臘神話裡的天神，不分男女老幼，不都是亂七八糟胡作非爲嗎？奧林帕斯的眾神大概覺得自己沒什麼立場批判別人，反正大家都好不到哪去，事情就不了了之了。至於我們的女神維納斯小姐，平時裸體暴露慣了，應該也不會太過不好意思吧。」

「經妳這麼一解說，才明白原來眞實的維納斯和波提切利畫作所塑造的女神形象眞的差很多。」

「是啊，神話史詩中的維納斯，也就是阿芙蘿黛蒂，更爲有血有肉、有愛有恨、有情有慾。因爲不幸，也就更爲貼近人性。她的性感豪放，其實是在尋找自我、追求自由。然而，一味受本能慾望驅動，得到的只不過是誤以爲解放解脫的幻象，以及，無窮無盡的迷惘迷失。這，不就是數字5的女人爲了自由反而失去自我的寫照嗎？」

「那麼，生命數字5的女人，要怎樣才能超越命運的侷限，修好這一門功課呢？」

「正視自己的心，修5就是修心。透過修心，去辨明什麼是眞自由，什麼是假自由，甚至是爛自由。知道自己要的是什麼，知道什麼是最可貴的，通常是在四處闖盪之後，通過眾多感情磨練之後，才終於可以領悟：自己約束自己之下的自由才是眞自由。從此之後，心才能定下來，感情安於專一，人也就回歸到原點了。這時候，維納斯的美，才是眞正的美。古希臘詩人荷馬有一首頌歌稱她爲『美麗的金色女神』，荷馬的本意應該就是如此。有一部影響文藝復興時期思想重生觀念的重要哲學著作，羅馬共和時期伊比鳩魯學派哲人盧克萊修（Lucretius）的《物性論》（On the Nature of Things），一開頭就用充滿熱情的詩歌讚頌維納斯：『在春日降臨，驅散了陰霾，使天空大放光明，讓世界充滿活力，讓世人既是驚異又是感謝。』這才是數字5的女人，生命超越的意義之所在。」

麗子有感而發，繼續說道：「大多數人只知道波提切利這位十五世紀文藝復興早期的佛羅倫斯畫派藝術家，創作了《維納斯的誕生》和《三博士來朝》（Adoration of the Magi）這兩幅名作，卻不曉得他的另一幅重要作品《春》（Prinavera）也是描繪維納斯。在這幅畫中，維納斯站在中央，身邊圍繞著古代的春神，她們擺出繁複的律動姿態，顯示春日的降臨，大地重獲生機。波提切利的創作靈感，源自於盧克萊修對維納斯，同時也是對重生觀念的詩作詮釋：『春天到來，長著翅膀的小信差引領著維納斯。母親芙蘿拉緊跟著西風之神澤菲洛斯（Zephyrus）。只見澤菲洛斯在前方開路，每到一處，便遍灑豐富的色彩與香氣。』兩千年前羅馬哲人的詩，成爲五百多年前義大利藝術家的畫。古希臘神話的豐富意涵，重新燃起了文藝復興藝術家對基督教時代之前古典文化的強烈熱情。這段透過維納斯女神作爲主題的跨時空傳承，彰顯了重生的眞正意義。在文藝復興藝術作品的表現中，不只是審美觀，更是世界觀與生活方式的轉變。這種經由重生、回歸原點，再生再創新的歷程，是文藝復興的精神，是維納斯美的本質內涵，更是數字5的女人生命的美好挑戰啊！」

「妳講得太精采、太深刻了。這段解析，眞的要寫成論文發表才行，不然太可惜了。」進三讚嘆之餘，幾乎忍不住要爲麗子起立鼓掌。

「講到肚子都餓了。晚餐就來享用昭惠寄來的魚久京粕漬料理吧！他們最有名的就是銀鱈和鮭魚切片。銀鱈是津輕半島的產物，鮭魚則是北海道捕獲的紅鮭，用燒烤的，美味無比喔！家裡有富山縣用黑部川的清流名水釀造的『宇奈月啤酒』讓你搭配，如何？」

「太棒了！趕快趕快，啤酒先拿來！」進三說著時，假日也到學校用功的凡一正好回家，一進門就說：

「馬麻，昭惠阿姨上新聞了。剛在電車上看到新聞快報，好像什麼大事的樣子。」

趕緊打開電視，新聞頻道的跑馬燈播出這樣的內容：「直擊！總理大臣夫人不倫戀曝光，深夜居酒屋內貼面擁抱，男方爲搖滾樂團歌手，首相官邸尙未表示意見。」麗子和進三互看了一眼，嘆了一口氣說：「唉！該來的還是會來。」這兩天，昭惠一定會找她諮商的。現在，吃飯最重要。下次見面，一定要勸昭惠戒酒。戒酒、修心，說不定，正好是重生的開始。

（寫於二〇一五年九月十九日星期六）

數字

4 的女人

梅克爾

ANGELA MERKEL

《羅蘭宰相的聖母》揚．范．艾克，繪於 1435 年

「馬麻，我們回來了。這是爸和我特地繞到橫濱買回來孝敬妳的。」凡一一進家門，趕緊獻上一路小心翼翼呵護備至的禮物，是橫濱車站限定專賣，全日本銷量第一的驛便當：「崎陽軒」的手工燒賣便當。這款便當的獨到之處是燒賣冷了之後更好吃，香味口感更勝剛出爐時，再加上用料實在，每顆燒賣都充滿活力彈性，大受消費者喜愛，一年售出兩億八千個，有資格去申請金氏世界紀錄的最暢銷便當款式了。橫濱車站附近，總共設了十四個專賣販售點，仍然供不應求，經常得排隊等候。這次，凡一和父親進三到關東埼玉縣觀賞舞台劇，看完戲在東京住了一晚，早上回京都前特別先到橫濱去幫麗子帶回這項伴手禮。

「太棒了，謝謝！買了四盒，眞是太了解我了。待會午餐就是燒賣便當。怎麼樣，舞台劇精采嗎？」週末麗子在京都產業大學工學部的建築學科有一門西洋藝術欣賞的課程，所以沒辦法一同前往。

「太讚了！尤其是女主角的演出，實在太厲害了。為了看戲犧牲了一天準備考試的時間，還是很値得的。」凡一仍陶醉在昨晚舞台劇表演的情緒感染中，有點意猶未盡地說道。

是什麼樣的舞台劇，讓藤原家父子寧可搭新幹線來回也非得觀賞不可？這是進三和凡一共同喜愛的作家村上春樹小說《海邊的卡夫卡》改編的舞台劇。今年初開始在英、法等五個藝術大國展開巡迴演出，獲得了一致高度的評價讚譽，迴響十分熱烈。結束全球行程之後，九月十七日起返回日本，在埼玉縣進行凱旋公演。凡一所說的女主角，就是擔綱這齣舞台劇唯一女性角色的女優：宮澤理惠。今年四十二歲的宮澤理惠，十一歲出道就成爲風靡全國的超級人氣青春偶像（可見，日本眞是一個全民蘿莉控之國），歷經許許多多的風波轉折，包括：和也是超人氣偶像的相撲橫綱訂婚又解除婚約，拍攝全裸露毛寫眞集，和知名鬼才導演北野武傳不倫戀……，從一個乖巧清純的美少女，不斷以行動宣示自己成爲獨立女性過程中一次又一次的蛻變，在人生起伏中，以現實的淬練磨礪身心作爲一位天職的演員。最近，終於在由角田光代小說改編的電影《紙の月》一片中擔任女主角，以精湛演技勝過吉永小百合這樣的日本國民天后，獲得日本電影金像獎影后的肯定。

「角色不是『演』的，是經由自己的肉體，將這個角色『生』出來的。所以角色是從自己之中誕生，在拍攝完成或舞台落幕的時候埋葬，如此不斷地反覆循環。」這是宮澤理惠的表演哲理。對於演出《海邊的卡夫卡》一劇，她則是這麼說的：「如何在自己內在中，將村上春樹老師腦海裡像旅行一樣的哲學式獨白加以消化，化爲聲音，發出來，是一件很困難的事情。」村上春樹若知道擔任女主角的演員以這樣的態度去詮釋、揣摩自己小說角色，應該會既欣慰又高興吧。說起來有趣，《海邊的卡夫卡》這部作品，乍聽之下以爲是在描寫卡夫卡這位生於捷克的德國文學家故事，其實一點關係也沒有，卡夫卡是小說中一隻會和少年主角說話的烏鴉名字。不過，進三和凡一都覺得，村上春樹的這部作品，應該含有向卡夫卡這位戰後德語文學最偉大作家致敬的意圖，進三尤其認爲，卡夫卡的想像與書寫，揭露了日耳曼民族深層的精神世界。

「已經是秋天了。德國最近可眞是多事之秋，妳有什麼看法呢？」進三收拾行李，換上家居服，來到起居室，麗子已經準備好飲料等著他了。從香氣可以判斷，今天泡的是鼠尾草茶，一種能夠鎮定安神的天然植物。自動自發的凡一已經在自己房間裡用功了。夫妻兩人就算每天見面，總還有聊不完的話題。進三提起德國，這陣子的確麻煩不少。首先是福斯汽車集團涉及透過行車電腦操控柴油車排氣檢測，規避美國的環保法規。這一造假風暴持續地擴大，不僅集團股價兩天內跌了30%，市值蒸發了三百億歐元，還將遭到美國環保署高達一百八十億美元的重罰。問題車超過一千一百萬輛，不只重創福斯信譽，更可能拖累德國汽車工業和整體經濟。德國媒體警示：「福斯垮了，德國就垮了；德國垮了，歐洲也就垮了。」換句話說，這個事件不只會動搖國本，甚至可能導致歐盟重創。爲什麼會這麼嚴重，麗子接下來的話解釋得很清楚：

「福斯集團今年上半年剛超越豐田成爲世界車市龍頭，在全球市場占有率達到十分之一；去年德國汽車出口總值約三千六百八十億歐元，大多來自福斯的貢獻。汽車及相關零組件占德國出口超過兩成；福斯在全球有近六十萬名員工，其中三分之二在德國。可見它有多重要了。」

「福斯成立於一九三七年，Volkswagen這個品牌就是由Volks：國民，以及wagon：車子，兩個字合併組成的『國民車』。現在的福斯集團，經過一九六〇年代推出金龜車狂賣奠定財務基礎後，這數十年來展開了一連串的併購行動，如今旗下擁有的品牌包括了：奧迪、賓利、喜悅、Skoda、布加提、保時捷、藍寶堅尼，都是它的。所以不管本來是生在西班牙的喜悅、生在捷克的Skoda，或是義大利人設計的藍寶堅尼，現在統統改認德國福斯爲爹了。」進三是男人，對汽車品牌還是比較了解。

「福斯闖了禍，德國政府可要大傷腦筋了。不只如此，最近地中海難民湧向歐洲的浪潮，恐怕更讓德國煩惱。前天歐盟二十八國的司法與內政部長會議破例地以多數決而不是通常採行的共識決方式，投票通過安置十二萬難民的方案。匈牙利、捷克、羅馬尼亞與斯洛伐克四個國家不但投下反對票，甚至揚言不惜違反歐盟決議，拒絕接受安置難民的配額。這個爭議，顯示出歐盟成員在處理二次戰後以來最嚴重的移民危機時，彼此之間存在嚴重而且逐漸擴大的分歧。匈牙利總理奧班把砲火對準了德國總理梅克爾，指稱強迫各國收容難民是梅克爾的『道德帝國主義』。其實，這項強制分配決議只限於現在滯留在希臘、義大利的十二萬難民，可是，這一波主要來自敘利亞的難民，湧入歐洲的人數高達兩百萬，決議的配額根本不夠，問題還很大條，沒完沒了呢。」

「梅克爾總理神經恐怕也要很大條才睡得著吧！除了福斯和難民，這個月希臘大選的結果，讓梅克爾頭痛不已的人又獲勝了，即將班師回朝，不是嗎？」

「是的，齊普拉斯（Alexis Tsipras），這位年僅四十歲，戰後以來希臘最年輕的總理，從來不打領帶的外型簡直可以去當走時裝伸展台的男模，看起來一副公子哥的模樣，誰知道上台後才發現眞是個狠角色。他是激進左派，以反對歐盟對希臘的撙節支出要求作爲政見訴求而贏得大選。擔任總理之後，在爲了債務危機和歐盟談判的過程中，初生之犢不畏虎，立場強硬到使得談判一再地破裂，搞得歐盟實在火大，下達最後通牒：七月十三日再開一次會，談不成就一切拉倒，沒有任何財政援助，希臘就等著債務到期破產吧！好個齊普拉斯，爲了和歐盟對抗，竟然宣布在七月五日實施全國公民投票，議題只有一項：是否贊成歐盟對希臘所提出的緊縮支出財政改革計畫？公投結果，持反對立場的占壓倒性大多數。齊普拉斯取得抗衡歐盟的最新民意武器之後，更令人跌破眼鏡地馬上在七月九日做出一百八十度的大轉變，主動依據歐盟原先的要求，提出一個在撙節緊縮支出、削減社會福利、降低政府預算，以及大幅提高課稅等政策上，令歐盟尤其是德國『滿意不已』的方案。於是，眉開眼笑的歐盟立即在七月十三日的會議中通過給予希臘三年內八百六十億歐元，相當於十二兆日圓的貸款。希臘債務危機解除，不至於被逐出歐盟。歐元因希臘破產無法通行於希臘，以及受此衝擊的各種連鎖效應，這些威脅全都暫時告一段落。」

「可是，齊普拉斯的做法，豈不是既違反他自己的競選承諾，又違背全民公投的立場？」

「沒錯，所以他就在一片譴責聲浪中宣布解散國會重新改選。沒想到，大選的結果，他所領導的激進左派政黨依然贏得最大黨地位，取得了繼續執政的權力，他又要再度出任總理了。」

「這種對抗與妥協，承諾與背信，合作與鬥爭的任意轉換功夫，不只歐盟各國，連希臘國民看來都被他耍得團團轉。」

「希臘的經濟問題不會就這樣一勞永逸，只是將引爆的時間點往後延，將來會爆得更大洞而已。所以我才說，德國梅克爾總理眞的還要傷腦筋呢。」

「之前大師妳已經解析了數字2和5兩種女性的典型，接下來，妳會以梅克爾總理爲案例，分析下一個數字嗎？」進三對這個主題最感興趣了。

「這幾天德國的各種狀況的確讓我一直在思考這個問題。梅克爾先天數有4，是數字4的女人。不過，與其從她個人的性格經驗特質著手，不如先針對德國這個國家、民族的特性深入地剖析，更能準確掌握她領導決策的風格與作爲。這部分，就得請你這位榮格心理學專家提供參考意見了。」

「說起德國，實在是個命運多舛的國族。看到現在希臘以及所謂『歐豬五國』（PIIGS）諸國正在經歷著經濟衰退的痛苦，德國人應該最能夠感同身受、心有戚戚才對。一次大戰之後，德國背負了必須依照〈凡爾賽和約〉償付龐大戰爭賠款的壓力，導致一九二三年爆發了威瑪共和時期的貨幣大崩壞，當時馬克惡性通膨的程度有兩個很有名的例證：在柏林街頭點一杯咖啡，標價五千馬克，等咖啡喝完要結帳時，已經漲價到一杯七千馬克了。這是一例。另一個例子是，有個婦人出去買菜，馬克已經貶到必須用手推車裝滿一捆又一捆的鈔票才夠買菜錢。這位婦人將裝著滿滿紙鈔的手推車推到商店門口後入內採購，誰知小偷來，把所有馬克鈔票棄置在路邊，就只將手推車偷走。這個眞實事件，使得那一次惡性通膨在歷史上被稱爲『手推車通膨災難』（wheelbarrow inflation）。可見，現在世界各國面臨的經濟困境，德國都曾經經歷過啊。」

「這就是需要從民族性格的深層內在去理解剖析的原因。現在的歐洲看似統合，但實相究竟是如何呢？就我的觀察，是一個以德國爲主體，結合了波羅的海各國、奧地利、波蘭，加上斯堪地那維亞國家，任其指揮控制的聯合體。這個聯合體，在德國的主導下，是階層的、權威的、緊縮財政的一個系統。這個系統之中，存在著北方歐洲與南方歐洲的鮮明對立。它的龜裂，並不是二十世紀以意識型態爲區隔的『左右之分』，而是以地理歷史環境爲界線的『南北之別』。這種情勢，我把它稱作『羅馬帝國疆界現象』。」

「羅馬帝國到現在還在影響歐洲？怎麼說呢？」

「先從德國本身談起，現在德國執政的最大黨是『德國基督教民主聯盟』，簡稱基民盟（CDU）。基民盟的主要支持者是以信仰基督新教的區域爲根據地，比較偏北方。和充滿陽光的南部天主教地區相比，氣候、氣味、氣質截然不同，人民的性格特徵也大異其趣，這是自古以來的文化差異。擴大到整體歐洲來看，可以發現羅馬帝國的疆界如今幾乎能夠重新勾勒浮現。過去在羅馬帝國統治下的地區，信仰的是天主教，受到羅馬帝國的普遍主義、平等主義、平衡主義影響，本能上就產生了喜歡寬鬆穩妥的感覺，討厭權威主義，有著排斥受虐的傾向。相對的，以路德教派爲中心的歐洲，包括德國的三分之二，波羅的海三小國之中的兩國，斯堪地那維亞各國，都是信仰基督新教的國家，至於現今成爲德國衛星附屬國的波蘭，雖然是天主教國家，但是歷史上不曾被羅馬帝國統治過，所以地緣上自然傾向北方這一邊。」麗子的分析觀點，是從歷史宗教文化地緣的縱深面向切入的。

「聽起來眞的不無道理，歐豬五國這幾個陷入經濟危機的國家，全部信奉天主教，而且以前都是歸屬羅馬帝國統轄的。不過法國呢？法國介於天主教和新教之間，也介於羅馬帝國和所謂的野蠻民族之間，可是現在幾乎都聽德國的，跟在後面當小弟。」進三問道。

「簡單來說，法國需要德國來掩飾她有多虛弱，而德國則需要法國來掩飾她有多強大。回到歐盟的經濟危機問題上。希臘的債務崩潰如果不可避免，不只希臘會被逐出歐元區，整個歐盟都可能因此解體。到時候，最有可能的是，剛才說到的那些『北方歐洲』基督新教國家，以德國爲主體，加上波蘭和其他德國願意接納的東歐國家如捷克，自行結合成爲一個發行單一貨幣的組織。至於其他歐洲國家，就只好自求多福了。歐盟，已經成爲世界經濟中的一個黑暗空洞，歐洲經濟體將無法避免地走上崩解。可是，以德國爲主導的歐洲精英階層卻非常固執地不願相信這種後果，不惜任何代價去維持這個聯合體的存續。這種態度，難道不是一種非理性行爲，甚至極端地來說，是有點瘋狂的行爲嗎？」

「人類的生存處境，就是經常被非理性和瘋狂包圍的。所謂的合理性，往往充其量不過是一種從集體的非理性思考及行動中化身而出的產物罷了。在德國人的內心深處，甚至在其他歐洲人的內心深處，或許存在著某一種令人眩暈的、被危機所魅惑的現象。誰都不敢說歐洲統合行不通，誰都不敢說歐洲的歷史就是不斷失敗的歷史，因爲誰都不願承擔說出事實之後的責任。甚至於，在歐洲當事人諸國的心中，說不定還隱約覺得，乾脆讓失敗的命運早點來臨算了。比起對命運終結的恐懼，或許，恐懼無法終結這樣的命運才是最糟糕的。我時常覺得，德國民族的性格，很像是古早時候的科幻電視影集《星際迷航記》裡的主角之一：史巴克。他是瓦肯星人和地球人的混血兒，天性上就處於相互衝突的狀況。瓦肯星人在遠古時是一個殘暴野蠻的種族，後來在邏輯與理性的嚴格哲學訓練下，馴化了野性，致力於追求知識，養成了冷靜判斷事物的能力與習性。只有一半瓦肯星人血統的史巴克，不具有純然的理性，不停地受到感情和情緒的影響，不斷地在其間掙扎。他的慣用台詞是：『我的頭腦告訴我停止，但我的心靈告訴我放手去做。』對此，我稱之爲『自我折磨的史巴克症候群』。是不是很適用於德國人身上呢？」進三等於是在爲德意志民族進行集體心理分析了。

「很有意思。在這種情形下，德國人其實是清楚意識到現實狀況的，這種瀕臨於命運終結的意識，本質上的確是一種悲劇。從悲劇的角度來看歐洲，二十世紀以來，歐洲可以說是在德國的帶領指揮下，進行著週期性自我毀滅的大陸。第一次是一戰，第二次是二戰，現在的情形是第三次。有別於以往的是，如今是在和平的、非軍事化的、高齡化的、失智症和風濕病普遍化的社會中，以一種慢動作般的節奏，走向第三次的自我毀壞。不過，同樣的是，指揮的主導者都是德國。」

「我們對歐洲和德國討論得這麼多，是不是該把焦點回歸到梅克爾總理這位數字4的女人身上呢？」

「數字4，不但是梅克爾總理的生命數字，經過今天的討論，更讓我覺得就是足以反映德國民族性格的數字。德國人，簡直就是4的民族。」

「怎麼說呢？」進三沒想到，彩虹數字也能運用在分析集體族群性格。

「讓我們先看看4有哪些特質。數字4的能量形態就是穩定和責任，她的生命課題是：從保守到承擔、從封閉到共享。低階的4，是侷限閉塞的，過度的自我保護，缺乏安全感，自閉又萎縮，現實又自私，不負責任又吝嗇小氣。中階的4，能夠將格局擴大，承擔責任和義務，重承諾守信用，長於建構組織、整合系統、建立制度、追求效率。到了高階的4，學會了妥善地整合資源、分配共享，所以很容易成為組織的管理者或領導人，從黑幫幫主到國會議長都屬於數字4的性格。至於達到終極階段的4，就是熱愛人類和自然生命的地球守護者了。數字4的人在性格上都比較內向、沉穩、勤奮、守成、重視家族關係，而且，鐵齒、固執、牛脾氣。大多數4的人都是無神論者，因為這種人相信理性思維，有著科學的頭腦。所以，我遇見很多不相信彩虹數字可以解析生命走向的人，一問之下，都是數字4的。除此之外，4的人，自我領域觀念太強了，常常變成宅男宅女，而且有國王思維，將家人當成子民，將家庭當成城堡，會保護照顧自己人，但也要人樣樣聽他的，事事須報備。總而言之，就是一位傳統與典範的捍衛者。你看，是不是和德國人的民族性格非常接近。」

「何只接近，簡直就像專門替德意志民族量身打造的數字一樣，眞是太貼切了！」進三深有同感，「那麼，梅克爾總理個人的性格特質是否也符合數字4呢？」

「在分析梅克爾之前，我想先提出和數字4的女性得以相互對應的畫作，是由揚．范．艾克（Jan Van Eyck）所畫的《羅蘭宰相的聖母》。這位北方文藝復興時期的畫家，他的風格對整個歐洲北部有很大的影響。這幅完成於一四三五年的油畫，現存於法國巴黎羅浮宮。畫中左半部的人物，身旁擺著打開的《聖經》，全心祈求到臉上青筋畢露，終於，在他的虔誠之中，聖母瑪利亞抱著主耶穌小嬰孩出現在畫的右半部，空中還有一位天使在聖母的後方替祂捧著一頂王冠。這幅畫，是艾克應羅蘭宰相的委託繪製的。畫中左半部這位穿著豪華、精緻長袍上以皮草鑲成衣領的人物，就是十五世紀勃艮第公國的宰相羅蘭。他出身寒貧之家，平步青雲掌握權力將近六十年，累積了大量的財富。因爲心裡一直對自己的生財之道存著疑念，爲了表示對神的虔敬，消除心中的不安，於是委請艾克創作這幅畫。然後，將這幅以自己肖像入畫的宗教畫，連同鉅額的捐款，奉呈給故鄉的教會。所以，當初這幅畫，就是當作高級贖罪券而委託創作的。」

「原來如此，愈有權勢財富的人，愈是需要超自然力量的心理慰藉吧。」

「畫的中央是一座拱橋，具有很明顯的象徵意涵。拱橋，將畫的左右兩半部，區隔成爲兩個不同的世界。在羅蘭左半邊的，是山陵和城鎮，是俗世的世界。在聖母右半邊的，是哥德式建築的教會尖塔，是神聖的世界。這些遠近景的描繪，以深焦（deep focus）的手法細密地表現：庭院的花圃裡種了百合、薔薇等三十種清晰可辨品種的花卉，背景中城鎮家戶的窗口、河上的船影、教會階梯上豆粒般大小的人物，全部鉅細靡遺歷歷在目。令人驚異的是，這幅畫的尺寸不過六十六乘以六十二公分，精密度幾乎像是運用現代科技先在大畫面描繪完成後再以電腦程式縮小處理一樣。」

「爲什麼這幅畫會被妳選來對應數字4的女性呢？」

「重點就在這裡。這幅畫中的聖母瑪利亞，閉著眼睛，垂著美麗波浪金髮，穿著綴了寶石的紅色斗篷，手上抱著的耶穌雖是嬰兒卻有著一張老成威嚴的臉孔，整個神情、動作、姿勢，都傳達出給予祈求者祝福的信心。這不就是數字4的特質寫照嗎？只要你忠誠、虔信，我會庇佑你；只要你臣服成爲我的子民，我會保護你；不管你有著什麼樣的請求，我都會應允；不管你在俗世的所作所爲，有什麼悖德不堪，我都會赦免；總而言之，這幅名作，透過聖母瑪利亞的角色，有力地呈現出

『將一切擔憂都放下吧，因爲有我在。』的強烈訊息。數字4的女人就是這樣，只要你是家族中的一份子，我就會永遠承擔照顧你的責任。家族的意義，可以是家庭、企業，更可以是教會、國家、民族，甚至超越國界的組織。」

「妳的意思是，梅克爾總理在領導德國、領導歐盟的過程中，就是以數字4的女性身分扮演著如同艾克畫中的聖母一樣的角色嗎？」進三恍然大悟。

「沒錯。現在我們來印證一下梅克爾的個人特質：她出身東德，本來是一位物理學家，理性、務實、崇尚科學思維。她非常重視家庭，丈夫是一位傑出的分子生物學家，不但從不過問政務，甚至從不隨同她參與任何政治活動。她的家庭成員，絕對保護隱私，不在媒體前曝光。作爲現今歐盟各國領袖之中任期最長的總理，年年被選爲世界上最有影響力的女性，她的從政風格，就是不高談闊論，不譁眾取寵，不喊口號不作秀，樸實、理智、守原則、講道理。這些人格特質和行事風格，正是數字4的典型。」麗子繼續分析道：「數字4的人，熱愛組織運作，更熱愛維持組織的健全完整，很會利用組織來達成自己的企圖和目標。對梅克爾而言，德國這個國家就是她毫無保留愛到最高點的組織，爲了保護德國，爲了實現國家利益，她會不惜犧牲一切代價。這，也正是德國人民充分了解她，所以高度信賴她的原因。」

「真的是這樣。令人印象深刻的例子是這一屆的世界盃足球賽，她貴爲總理，不辭辛勞飛越了大半個地球，到巴西比賽現場幫德國國家隊加油，而且，在場邊觀戰的神情，投入的樣子，純粹就是一位熱切企盼自己國家球隊贏球的球迷，不是政治人物，更忘了自己是總理。有她看球加油的賽事，德國都贏球，讓她後來簡直成了國家隊的幸運吉祥物。那幀比賽後她像一個小女孩般興奮地和球員握手擁抱的畫面，不知道感動了多少人。」進三是足球迷，這一屆世足賽他就是看好德國奪冠。「那麼，對歐盟，梅克爾又是如何呢？」進三問道。

「依照數字4的人熱愛組織、照顧家族的基本性格，看顧德國，是梅克爾視爲最優先的職責，在這個前提下，看顧歐盟，也會被她當作重要的使命。所以，她會在不損及德國利益的狀況下，盡一切努力去維繫歐洲統合，維持歐元的通貨地位，保障歐盟組織的完整性，保護歐盟各國的最大權益。這些作爲，對梅克爾這樣的數字4而言，就像本能一樣，是她的天職。不過，在看顧德國、看顧歐盟的同時，梅克爾面對蜂擁而來、潮水一般的難民時，卻也是率先表示德國願意盡最大可能收容難民的歐洲國家領袖。而且，還付諸行動，要求歐盟各國依照人口及經濟規模的比例，訂定強制收容難民的人數配額，不配合的國家則處以高額的罰款。」

「這又是爲什麼呢？」

「別忘了，數字4的終極境界，就是整合資源、共享資源、守護人類、守護地球啊！梅克爾的行爲，不只是發之於德國民族對二戰的反省懺悔，更出自她作爲一位數字4女人所具備的人道主義精神。」（二〇一五年九月二十六日麗子和進三討論數字4女人的當天，梅克爾公開宣示：「將以促成兩德統一的精神，協助新移民與歐洲的結合。」）

「這麼說，以聖母瑪利亞的形象來對應，還眞是貼切。不過，面對歐洲經濟的黑暗空洞，德國主導走向第三次自我毀滅崩解的情勢，梅克爾眞的能力挽狂瀾嗎？」

「梅克爾的先天數字有4，主命數34／7這組密碼又具有可以完成不可能任務的神奇力量，可以創造出奇蹟，成就偉大的功業。只要她有信心，就能夠做得到。歐洲的未來命運，梅克爾將如何承擔、改變歷史，且讓我們拭目以待吧！」麗子下了結論，覺得肚子好餓。心想：該是享用橫濱車站燒賣便當的時候了，四盒「崎陽軒」，我吃兩盒，將將好！

（寫於二〇一五年九月二十六日星期六）

數字7的女人

朴槿惠

박근혜

《傑森與美蒂亞取得金羊毛》
居斯塔夫・莫羅，繪於 1865 年

《憤怒的美蒂亞》
歐仁・德拉克羅瓦，繪於 1838 年

時序入秋，京都，是屬於楓紅的城市。雖然京都的櫻花也美，畢竟日本就是櫻之國度，從南到北，從鹿兒島的奄美大島到北海道的石狩釧路，植櫻賞櫻的名所不計其數，各有擅場。提到賞楓，不像櫻花一樣開得多開得熱鬧開得滿天花瓣就自然成景，而是要和周遭環境搭配，楓才能益顯其別致姿態。再也沒比京都這樣的都城更能夠和楓匹配的街町了，整座一千三百年古都都是歷史風土保存地區，隨便一個角落的牆瓦都是古蹟，隨便植在一處古蹟牆角的楓，就是一幅畫作。秋天一來，陽光穿透小片種楓葉形成的層層透明寶石般紅潤色彩，絕景天成。楓，若不是伴著雅致院落斑駁古剎，作爲一棵植物的氣質也就大不相同了。不曾造訪京都，等於從沒來過日本。沒有見過京都的楓紅，等於從不認識秋天的美。日本最美的楓紅在京都，京都最美的楓葉勝景，在修學院離宮旁的藤原宅邸。八百坪的庭院只栽著兩棵楓木，都超過三層樓高，已有百年以上樹齡。今年初夏爲祝賀唯一的兒子凡一滿十六歲，新植了一棵小楓。說是小楓，也有人的兩倍高了，葉子更小，更透，楓紅更閃耀，和旁邊兩株高楓的深紅、橙紅、黃紅、寶石紅，相互輝映。這院落裡的楓紅，有不下十來種繽紛成趣的紅色光澤。

開學第二週，上午麗子才剛授完在產業大學工學部開設的西洋藝術欣賞課程。這學期特別誇張，學校電腦選課系統滿員六十個名額，在開放登記的兩分鐘內就被學生秒殺了。系上助教說，連線湧入的盛況還一度造成電腦主機伺服器當機。上星期第一天上課，麗子到教室嚇了一跳，人滿爲患，來請求麗子老師簽名同意加選的學生從講台排到教室外，延伸到走廊甚至樓梯口。人數實在太多，讓麗子不知如何是好。學生愛上她的課，她也愛教，本是皆大歡喜的好事。可是，她的課收了太多學生，會造成其他老師的課沒人選，甚至因人數太少課開不成，反而變成了困擾。最後，只好透過系務會議決定，選課人數以一百名爲上限，不能超過，以免影響那些課程沒人想選的老師權益。

麗子的課之所以這麼受歡迎，原因只有兩個字：「精采。」可是，受歡迎到這種程度，自然不是普通程度的精采而已。麗子的藝術欣賞課程涵蓋的範疇從史前的洞穴壁畫，直到現代藝術如野獸派、普普主義。沒有教科書，上課內容由一張又一張的 power point 串聯起來，透過麗子的講解一氣呵成，邊看邊聽的過程，就像是一場視覺美學饗宴。麗子解析藝術的功力深厚，觀點獨特而別開蹊徑，在透視美術作品的同時，也導入歷史、文化、族群、宗教、地理環境以及人文思想的演進變遷，博大且精深。對學生非常受用的是，每一個歷史階段的藝術特質，每一種美學流派的風格特徵，麗子都已經歸納出獨到而明確的辨識重點。上完她的課，學生就養成了鑑識眼光，能夠一眼判別出什麼是希臘或羅馬的形式；什麼是印象派或是自然主義；什麼是巴洛克或是洛可可。再加上麗子特別重視藝術與生活美學的應用與結合，她指引出許多古典美學要素，就隱藏在我們周遭的建築、雕塑、廣告、時尚，以及各種日常生活用品之中，如此豐富而隨手可拾，往往令學生震撼、讚嘆不已。除了課程內容，更重要的是她教學的熱情。上起課來，進三常笑稱她火力全開熱力四射的能量，是腎上腺素加上多巴胺和血清張素全都爆發到極大値所驅動的。讓在座的聽者，都能夠感染到她的情緒，是對於藝術眞正的熱愛，也是對於教學眞正的熱愛。學生們除了在知識上的豐收外，更增加了由麗子的熱情所傳遞而來的，對於藝術的感動。

麗子開設西洋藝術欣賞課程已經超過十年了。十多年來，每一年的教學題材都不斷地增補更新，讓很多上過她的課，因回味無窮又重新來聽一次的學生總是驚奇：比以前更棒了。也因爲這樣，依據上課講義編成的學術專書，本來是一本《西洋藝術講座》，變成上、下兩冊的《西洋藝術史論》，又增版爲上、中、下三冊的《西洋藝術縱覽》。現在，最讓麗子傷腦筋的就是，再改版就要組成一套五冊的《西洋藝術全集》了。這是她非常想做的事，可是卻因爲忙得難以分身而一再延宕。

最占據麗子時間的，就是陪伴家人，尤其是照料寶貝兒子凡一。偏偏這又是她最喜愛、重視，勝過一切的事情。

週末的午後，偷得半日閒，麗子和進三坐在落地窗前的陽台，看著斜射的陽光照耀在庭院舉世無雙的楓紅絕景。楓葉都紅了，還有幾隻秋蟬心有不捨地鳴著這一季最後的叫聲。兩人喝的是號稱日本三大銘茶之一的「狹山茶」。日本茶，有「色：靜岡、香：宇治、味：狹山」的傳統說法。這狹山茶產自埼玉縣西南部，在製法上有「狹山入火」的特殊手續，也就是將茶菁以高溫乾燥，形成深濃的味道。因爲搭配的是來自仙台的和菓子名家「白松」所生產的「もなか」（一種糯米豆餡點心）和羊羹，喝稍微濃冽的綠茶恰恰好。

「秋高氣爽，楓葉這麼美麗，點心這麼可口，綠茶這麼好喝，眞是天時地利請大師開講的好時機啊！」進三把握機會，想要繼續聆聽麗子將世界名畫和彩虹數字，以及知名女性人物整合在一起進行分析，不知道下一個數字是哪一個，適用的對象又是哪一位，令他充滿好奇與期待。

「有了天時地利，也要看人的心情。今天我想換一下方式，暫時不談個案的人物和數字，先解釋畫作，說完再進行人物與數字解析。因爲這次要介紹的畫作，背後的故事滿曲折複雜的。」

「都好都好，完全聽從大師安排。」只要麗子願意開口，進三就求之不得了，哪裡還敢多有意見。

「法國象徵主義繪畫大師居斯塔夫．莫羅（Gustave Moreau）所創作的油畫《傑森與美蒂亞取得金羊毛》，描繪的就是今天的主題：美蒂亞（Medea）的故事。畫中，輕紗覆身半裸唯美的少女美蒂亞，站在她所摯愛的男人傑森（Jason）後方，深情款款地注視著這位僅以簡單布料遮住下半身的俊美少年。兩人的腳一前一後踩踏在一隻躺倒在地、長著翅膀的金色山羊上頭。大多數人對希臘神話中所謂悲劇的了解，最耳熟能詳的不外乎：殺父娶母的伊底帕斯、腳踝有著唯一弱點的阿基里斯，或是爲了衝動性格而終身悔恨的海克力斯。都是男性，可是，悲劇不是男人的專利，女人的性格，衝動起來可以比男性更衝動，執著起來可以比男性更執著，糊塗起來可以比男性更糊塗，因此，女性的命運，悲劇起來可以比男人更悲劇。希臘古人早就明瞭這一點了，所以創造了美蒂亞這個角色。在美蒂亞的身上，可說是一個女性悲劇集大成的故事。

「我對美蒂亞最深刻的印象，是以前看過義大利新現實主義導演帕索里尼在一九六九年根據希臘神話所拍攝的電影，片名就叫作《美蒂亞》。帕索里尼經由電影語言所傳達的觀點是，他認爲美蒂亞故事的意義在於女性個人藉助超自然，也就是法術的神奇力量，戰勝理性與秩序，重新獲得解放和自由。」進三是電影迷，特別是歐洲一九七〇年代之後新浪潮電影時期，正好是他沉醉狂熱於電影的成長階段。

「帕索里尼的見解固然沒錯，但只能說他表現出美蒂亞這個悲劇角色眾多面向的其中一部分罷了。讓我們從頭檢視一遍她的生命歷程。每一位苦命女人的前面，一定站著一個混帳男人。對美蒂亞而言，這個男人就是傑森。傑森是歐洲第一個展開長途旅行的英雄，比希臘最著名的旅行家、《奧德賽》的主角奧德修斯還要早一個世代。傑森的父親是阿爾卡斯王國的國王，被姪子篡奪了王位。等傑森長大了去向篡位堂哥要回國家時，這堂哥篡位者以金羊毛作爲條件，如果傑森能找來傳說中的金羊毛，就同意歸還王位。傳說中的金羊毛，是位於現今黑海東岸的科爾基斯（Colchis）王國世代相傳的寶物，這個地方，離傑森的希臘祖國，可是十萬八千里遠。傻傻的傑森一口答應了堂哥開立的條件，幸好，在智慧女神雅典娜的幫忙下，偉大的造船工程師亞果斯義務爲他打造了一艘長程快船，這艘以永不腐蝕的木材建造的船命名爲『亞果號』。有了船，還得有人。傑森貼出公告，募集不要命又愛玩愛冒險的年輕人，結果，全希臘不務正業的各路英雄好漢都來了，各個大有來頭。像是阿基里斯的爸爸、北風之神的一對雙胞胎兒子、會彈奏七弦琴的音樂大師奧菲斯，連大英雄海克力斯也來參一腳，組成一個團隊，可以說是當時希臘精英的夢幻隊伍。這群人，以傑森爲首領，浩浩蕩蕩出發了。」

麗子爲了研究藝術，曾對希臘史詩及神話下過一番工夫。她繼續說道：「一群年輕人一路上冒險犯難胡搞瞎搞好不容易抵達目的地，才發現金羊毛被噴火惡龍看守得很緊，毫無取得的可能。幸好這次換成維納斯，也就是美神阿芙蘿黛蒂出面幫忙，叫她兒子愛神邱比特向美蒂亞射上一箭。中箭的美蒂亞，一眼看見傑森，悲劇就揭開序幕了。這位美蒂亞可厲害了，她不但是國王的獨生女，貴爲公主，還是科爾基斯王國的巫女，所有的高科技裝備像是：法術、咒語、迷藥、毒劑等等，都掌握在她手上。不可救藥地愛上傑森的美蒂亞，只要這男人答應她『帶我走，娶我！』就什麼都願意付出。緊要關頭傑森當然二話不說當場山盟海誓一番，於是美蒂亞先是背叛父親：提供法術、咒語、藥膏等協助，讓傑森通過自己國王父親設下的考驗陷阱，克服惡龍，取得金羊毛。甚至一不做二不休，進一步謀害親生弟弟。在亡命出逃遭遇弟弟領軍包圍的時候，美蒂亞和傑森聯手假裝設宴款待，誘殺了受姊姊之邀而來的弟弟。突圍而出的傑森率領著亞果號，在歸途中又遇到很多驚險考驗，像什麼會閉合的海中巨石啦、刀槍不入的青銅巨人啦、魔法女神的怪獸啦、歌聲惑人喪身海底的女妖啦，都是倚靠美蒂亞運用超自然力量幫忙才化險爲夷度過難關。」

「其實，美蒂亞身爲一位巫女，她在遇見傑森之前，就已經得到了命運的啓示。她知道自己爲了傑森將要叛父、殺弟。可是，命運的力量如此強大，令她無法抗拒。當耀眼眩目的男人出現時，瞬間照亮了巫女寂如長夜的人生。愛情，是神降在人間的誘惑，甜蜜卻暗藏凶險。美蒂亞按照命運預示的軌跡，頭也不回地走下去，拋棄了公主的尊貴身分，叛國離鄉，成爲一個無家可歸的罪人。

這一切，與其說是擺脫不了命運的安排，不如說是對抗不了愛情的魔力。但，與其說是脫離不了愛情的操弄，更不如說是抑制不了內心的衝動和慾望的本能吧！」進三不改分析心理學專家的職業病，開始進行人格剖析了。

「你說的很對，給你拍拍手！你所說的，正好就是莫羅這幅畫作所要傳達的意涵：在甜美愛情的底層，埋藏的是無窮的緊張、衝突與不安。象徵主義的畫作，不只描繪主題人物的表象形體或故事情節而已，更重視透過視覺效果呈現出經由繪畫手法所傳達的隱喻訊息和精神狀態。」

「美蒂亞的故事，不是在此告一段落，王子和公主好像並沒有從此過著幸福快樂的生活。」

「王子公主的幸福快樂賞味期，僅限於公主仍然年輕貌美的時候啦！兩人回到希臘後，定居於科林斯，生了兩個兒子，一切看來似乎不錯，誰知時間一久，傑森這個靠女人吃飯的表面英雄就慢慢露出劣根性。婚後十年，隨著美蒂亞的魅力日減，傑森開始移情別戀，和科林斯國王的女兒訂了婚。毫不知情的美蒂亞，直到科林斯國王為了女兒的幸福快樂（？），要將她驅逐出科林斯才知道被老公拋棄。在巨大痛苦的煎熬之下，美蒂亞一字一句地說出這些話：

『唉！在一切有理智、有天性的生物當中，我們女人是最不幸的。我們總是把珍貴的愛情看得比性命還重要，卻從不理會即將降臨的災難和困厄。』

從那一刻起，美蒂亞決心為自己報仇。她先設計殺害了傑森的新娘科林斯王國公主，成功謀殺情敵後，處在絕望與傷痛中的美蒂亞，將兩個和傑森生下的兒子也殺了，而後駕著飛車，帶著兒子們的屍體，奔向空中，永遠離開傷心之地。」

「傷心憤怒的美蒂亞，所有和傑森有關的事物都要消滅，不願留下自己的任何東西給這個負心背叛的男人，包括孩子在內，這眞是仇恨到最高點了。所以美蒂亞成爲西方世界古往今來最著名的復仇女性，也是所有受到背叛、妒忌所苦的女性守護神。」進三的分析觀點，很顯然是受到榮格分析心理學原型理論薰陶養成的。

「是的。她的故事，還要再對照另一幅畫作才完整，也是法國著名畫家的作品：歐仁・德拉克羅瓦（Eugène Delacroix）所創作的《憤怒的美蒂亞》。

這幅油畫中的美蒂亞，在正要殺死孩子之前，還抱著一絲希望轉過頭來望向丈夫傑森，要看看這個男人是不是對她還有愛，是不是還有可能回心轉意，是不是仍有機會破鏡重圓。都到這種地步了，女人竟然還存留著幻想的希望，這眞是可悲到最高點，但也眞實到最高點了。」

「那麼，這兩幅以美蒂亞爲主角的畫作，是對應哪一個數字呢？」進三問道。

「數字7。讓我們看7的本質特性。7是一個從人類的理性、感性轉變爲神性的關鍵化數字，它的生命課題是：從懷疑猜忌到信任；從恐懼緊張到自在；從意氣衝動到祝福。低階的7，既疑神疑鬼又神經兮兮，憑感覺行事，表面上衝動不怕死，骨子裡緊張得要命很怕死，再加上喜歡支配一切、掌控別人，所以每天都生活在猜疑、擔憂、暴躁、情緒起伏、感情用事的不可知狀態中。中階的7要學會相信，相信自己，相信別人，相信幸福，相信奇蹟；隨著這股相信的力量，進化到高階的7，才能夠發自內在產生感恩、祝禱，從而實現幸福快樂。至於達到終極超越階段的7，則會成爲奇蹟見證者，Lucky 7 幸運兒，接受上天所賦予的神奇力量。總的來說，7是一個很敏感的數字，所以相對的也比較不穩定，很神經質又擁有強烈無比的好勝心，爲了爭一口氣意氣用事暴衝的都是她。所以，許多數字7的人容易患有精神方面的疾病，像是憂鬱症或是腦神經衰弱、失眠、強迫症。脾氣容易瞬間發作，一時想不開發飆傷人或是失戀傷心潑硫酸的都是7。因此，7的人必須學習放鬆自己，在放鬆的狀態下，7的人很幽默搞笑，很會製造氣氛，也很能運用知識的力量。只要心中沒有恐懼，數字7的人就能心想事成，因爲7已經是神性數字，具有神所降下的福報。」

「這麼說來，美蒂亞這位兼具巫女身分、擁有法術超能力的公主，眞的很符合7的特性。不過，是否在感情方面也很一致呢？」

「數字7的人就是愛恨分明，他們是直截了當的性情中人，不會壓抑情緒，喜怒無常，會鑽牛角尖，再加上不認輸、非贏不可的心態，導致在感情上異常的執著，關係存續期間會傾向支配控制，關係一旦破滅就可能玉石俱焚，我得不到的別人也休想要。其實這一切問題的根源，都來自她心中無明的恐懼。一旦克服了，無有恐懼，7的人才能遠離顛倒夢想，究竟涅槃。」

「唉！看來數字7的女性一旦受了傷，如果不能在心性上提升到無我的神性境界，就會化身爲恐怖的復仇機器了。那麼，哪一位知名女性是數字7呢？」

「韓國大統領朴槿惠就是數字7，她的主命數是25／7。不過，在解析她個人性格特質之前，讓我們先觀照一下韓國這個國家以及朝鮮民族吧。這個國族，和7這個數字，也是相當匹配的喔！」

「就像德國人是4一樣，韓國人是7嗎？怎麼說呢？」

「在朝鮮半島上的大韓民族，地理位置和我們這麼接近，歷史背景和我們淵源深厚，經濟貿易和我們往來密切，乃至在安全保障上和我們同屬美日韓共同防禦體系，但是，對於韓國人的心理素質以及民族的深層性格，我們了解得很表面，甚至有許多錯誤的認知。舉一個最令人訝異的例證，韓國教育體系使用的歷史教科書，是世界上罕見的，採行『恐怖主義歷史觀』的國家。『我國的先賢所身處的境地，不採取恐怖行動是不行的。』這樣的歷史見解，不是出現在北朝鮮金氏家族獨裁的教育體制裡，而是明載於現今南韓的歷史教科書之中。說起恐怖行動，一般人印象所及的不過是日本殖民朝鮮半島前後所發生的伊藤博文首相暗殺事件，可是在南韓的高中歷史課本裡，是如此詳細列舉的：

一九〇九年，張仁煥、田明雲在美國舊金山狙擊美化日本侵略行爲的美國人。

一九〇九年，安重根於滿洲哈爾濱成功暗殺伊藤博文。

一九二三年，朴烈企圖在日本暗殺日本國王（天皇）。

一九二八年，趙明河在台灣採取了以刀刃襲擊日本皇族的義舉。

一九三二年，韓人愛國團員李奉昌於東京以炸彈投擲日本國王乘坐的馬車，雖然失敗，但上海的報紙以惋惜的論調予以報導。

一九三二年，韓人愛國團員尹奉吉以炸彈攻擊紀念儀式講台上的日本軍高級將官，暗殺了多位高官。尹奉吉的義舉震驚世界，尤其令中國人印象深刻。

「這樣的課文內容，除了一一說明恐怖暗殺行動之外，還附上李奉昌、尹奉吉等『義士』的照片。至於成功暗殺伊藤博文的安重根，反而沒有給予太高的『功績』評價。」

「咦？為什麼？」進三問道。

「因為根據韓國歷史教科書的觀點，行動的重要與否、功勞大小，是以暗殺目標來判定的。李奉昌投彈的對象是天皇，雖然沒成功，恐怖行動的價值還是比安重根殺死的伊藤博文『不過』是一個首相要來得高。這真是很奇怪的事情，在一般文明國家，絕少有對於採取恐怖主義行為試圖改變、打破現狀的事蹟，予以正面讚揚肯定的。包括以色列或愛爾蘭這兩個和他們的政治敵人累積了無數恩怨衝突的國家，都不會採用這樣的觀念去教育孩子。韓國的歷史教科書，大力讚揚暗殺天皇的動機是如何的愛國家愛民族，卻不顧目的和手段之間是否存在正當性的問題，甚至冠冕堂皇地在歷史課本中表述：『我國恐怖主義的歷史十分源遠流長。』這樣的教育，養成的就是為達目的可以不擇手段的思考模式。之所以會如此，一方面可以說，韓國的民族性格中有著很深的『恨』的文化，另一方面也是因為，一旦提起過去的傷痛，腦部立即充血，情緒馬上衝動高亢起來。就是這樣的集體心理情緒在左右現代韓國人的思維和行動吧！你說，如此奇特的大韓民族，是不是很符合7的性質呢？」（**以上有關南韓歷史教科書資料，引用自《文藝春秋》，二〇一五年七月號，佐藤優**

所述。）

「完全適用。韓國人爲了發洩情緒，甚至不惜罔顧國際禮儀和規範。二〇一一年，韓國針對慰安婦問題在首爾的日本大使館門前馬路上，設置了慰安婦雕像來侮辱日本。這種明顯違反雙邊建交條約以及國際法規範的行爲，我們向韓國外交部抗議得到的回答卻是：『等慰安婦問題解決了再說。』現在這種慰安婦銅像，在韓國境內已經樹立了超過十個，連美國加州和密西根州也各設置了一座，實在令人覺得既幼稚又氣憤。」進三說道。

「慰安婦的暴行，是事實。暴行的加害者，是日本這個國家，這也是必須承認的事實。韓國人的情感，慰安婦阿嬤的要求，重視的不是金錢物質的補償，而是悲辱的清洗，尊嚴的回復。所以，正式以總理大臣身分代表日本國家對慰安婦所造成的傷害道歉，我認爲是應該且必要的。做不到這一點，日本人就沒有資格自認爲是『知恥』的民族。不但對韓國，對所有過去曾經發生慰安婦暴行的國家，如印尼、菲律賓、台灣，都應該如此。至於日韓兩個民族各自看待歷史錯誤的寬容程度，則是另一個層次的議題了。」麗子說道。

「這一點，其實和雙方的文化差異有關。日本語言中有『禊』這個用語，是指做了錯事、壞事之後，到神的面前，捧掬淨水來洗淨身體，就能獲得原諒。這是一種日本島國村落共同體的價值觀，是一種『應該這樣就夠了吧！』的諒解與包容，這和中國、韓國這些儒教國家是很不一樣的。中國的秦檜謀害了岳飛，即使過了近千年，岳飛的後代子孫還是鑄了秦檜夫婦的像，跪在祖宗岳飛爺爺墓前，讓他們永遠得不到原諒，永遠必須接受侮辱。這背後的精神因素，來自於儒家文化對於『正確』是什麼的倫理觀。對日本人來說，正確，是相對的，是彼此妥協合致之後的價值。對儒家思想而言，正確，是倫理的一環，是絕對性的，不容許任何彈性，更是階級序列的構成要件。所以，犯了錯的人，在道德上的瑕疵，就使得他在倫理體系中被打入最下層，永無翻身之日。日本和中國、韓國，表面上看起來語言相似，文化相近，血統面貌更是相像，但事實上在文化思想與精神價值上，眞的大不相同啊！很多的誤會，就是這樣產生的。朴槿惠大統領上台之後宣示：『慰安婦問題不解決，韓日兩國領袖會談就不舉行。』這種行爲，便是基於以上的文化制約和數字7的集體民族性格吧。妳不是和她見過好幾次面嗎？對她的印象如何呢？」進三問道。

「我和朴槿惠見面都是在行禮如儀的日韓交流場合，在她還擔任國會議員以及政黨領袖的時期，說不上有私人的友誼。她給我的印象就是很ㄍㄧㄥ，滿容易緊張的，有點神經質，對人有戒心，這些表徵，都很符合數字7的特質。在韓國，出任大統領可以說是一件幸也不幸的高風險行業。這個國家從一九八七年開始進行民主化轉型，到一九九二年才有第一任的文人總統。截至目前爲止，歷任的大統領，下台之後的下場都是被追訴或入獄，從全斗煥開始，盧泰愚、金大中、金泳三，他們自己或親人都閃躲不了悲慘命運。更悲慘的是盧武鉉，卸任之後，遭到追究罪責，採取了最激烈的行動：跳崖自盡。至於朴槿惠前任的李明博總統，他的親哥哥，曾經擔任日韓國會議員交流協會會長，如今也已經被逮捕關進監牢。所以，韓國的政治文化傳統，對外是恐怖主義行動，搞暗殺。對內，則是激烈無比毫不留情的鬥爭清算。憑心而論，實在相當血腥，這又是一個和數字7十分吻合的特性表現。

回過頭來看朴槿惠，她會多疑不安神經緊繃，也是其來有自情有可原的。二十二歲時，她的母親陸英修遭到暗殺喪生。其實殺手的目標是她爸爸，結果卻誤殺了媽媽。二十七歲時，她的父親，韓國歷史上在位最久的軍事獨裁者朴正熙遭到暗殺身亡，下手的是他身邊最信任的韓國中央情報局局長。五十四歲時，朴槿惠自己遭到暗殺攻擊，雖然沒有成功，卻在臉頰上劃了一道長長的刀痕。當時的她臉上淌著血，堅定地不妥協不退讓，誓言自己將永遠作爲韓國這一個國家的女兒與妻子，那一幕，令所有韓國人爲之動容落淚。在這種環境中成長的女性，從原本被百般呵護的嬌貴公主，到獨自在政黨激鬥中打滾求生、一路追求勝利權位的單身女人，這股不服輸，一定要贏，失去的全部要討回來的意志和毅力，恐怕是堅強到可怖的地步。這樣的生命歷程和人格特質，正是數字

7的典型範例。」

「不過，朴槿惠仍然有著強烈情緒化的一面。不願意舉行日韓元首高峰會就算了，和我國總理湊巧在東協（ＡＳＥＡＮ）高峰會見了面，更是擺出一副臭臉，看也不看我們總理一眼，連我們總理都已經主動伸手出來了，竟然還拒絕握手。這不就是像小孩般地意氣用事嗎？這樣做，對韓國的國家利益又有多少好處呢？現在，這些我原先的疑惑，聽妳以數字7的特質來解釋，就都能得到答案了。」進三說道。

「數字7的人，有創造奇蹟的神奇力量，這一點在朴槿惠的政治生涯中就能夠得到印證。她投身政治以來，不管是自己參選、替別人輔選，或是率領所屬的政黨競選，從來沒有輸過任何一場，每次都贏，一路贏到選上總統寶座，在韓國政界有『不敗女王』的封號。不過，擔任大統領之後，數字7的反覆不定暴躁焦慮性格又重現了。根據我們內閣情報調查室負責朝鮮半島情資的官員透露，朴槿惠上台以來，沒辦法靜下心來傾聽別人說話的情形一天比一天嚴重，已經演變到連最內部、最核心的會議，她都沒有耐心聽完任何一位部屬的報告，經常人家說到一半就打斷，叫人改提書面資料，結果重大的國家決策，幾乎都無法充分細緻地進行分析研判和討論。難怪二〇一四年四月的世越號重大船難事件，整個緊急應變救援指揮荒腔走板，還犧牲了一位內閣總理下台作爲替罪羔羊。」

「我記得，那時候日本表示願意提供救難協助，遭到朴槿惠斷然拒絕。她就任以來，就一直對世界各國傳遞出『日本很不像話』、『日本十分可惡』的訊息。以這樣的基調作爲對日政策的立場態度，儼然成爲反日、仇日的急先鋒。」

「這也是數字7的復仇心態在作祟吧。說來諷刺的是，朴槿惠在日韓關係上扮演復仇女神角色，不斷地要求日本道歉、謝罪、賠償，可是崇尚恐怖主義史觀的南韓高中歷史教科書卻是這樣記載的：『朴正熙政府不顧國民的反對批准了韓日協定，結果韓國取得了一部分爲了經濟開發所必要的資金，建構了韓美日共同安全保障體制，但相反地，有關日本對於殖民支配的謝罪、返還掠奪的文化財，以及日本軍隊強制徵用人員和慰安婦等各種問題，就因此變成無法解決了。』的確，從國際法的角度來看，日韓於一九六五年簽訂的〈請求權協定〉，就已經將二次大戰之前，日本對於韓國不管是殖民或戰爭的賠償責任，一次性地清償了。當時，日本政府支付了朴正熙政府五億美元的經濟援助金額，所以包括慰安婦等責任問題，日本都不再負有法律上的賠償義務。這個條約，是朴槿惠的父親簽定的，而她現在的所作所爲，恰好，和自己父親反其道而行。」

「復仇、背叛、固執、多疑、焦慮、暴躁、意氣用事、衝動不安，這位韓國大統領，眞的就像是一位憤怒的美蒂亞，同樣都是數字7的公主，也同樣擁有強大的克服困境實現企圖的能力。美蒂亞深愛的傑森對她始亂終棄，相對的，朴槿惠所擁抱的負心情人又是誰呢？

「看看那幅莫羅的畫吧，從象徵意涵而言，美蒂亞眼中所注視的俊美愛人，置換成朴槿惠心中的權位權勢權柄，到頭來會如何對待她，恐怕以後才會知道吧。」說到這裡，夕陽已西下。麗子的肚子提醒她：晚餐時間到了。楓紅之秋，是松茸的季節。廚房裡有石川金澤百年名店「松崎」所做的松茸炊飯。這家溫泉料理旅館的少東，曾就讀於京都產業大學，修過麗子的藝術課程，每年都會寄來松茸料理表達尊師重道的心意。麗子心裡打算好了，清麗溫醇的松茸炊飯，配一些稍微辛口的韓式泡菜，這樣的食物文化衝突在一起，也是很不錯吃的吧！

（寫於二〇一五年十月三日星期六）

數字6的女人

雪柔．桑德伯格

SHERYL SANDBERG

《賽姬接受愛神的初吻》
弗朗索瓦．熱拉爾，繪於 1789 年

秋日午前，陽光璀璨，空氣爽冽得像透明流質一般。即使全力以赴準備大學甄試，凡一仍然維持著清晨運動的習慣，跑完五公里再打上半小時的金剛流空手道拳法，讓這少年眉宇之間多了幾分英毅之氣。對兒子「孝順」有加的麗子，今天爲凡一準備的健身飲料是來自南國高知縣土佐市出產的番茄汁。土佐市「池一菜果園」栽植的水果番茄（fruit tomato），是以三倍的成長時間，號稱灌注大量感情才孕育出來的。依據糖度高低差異，分爲五個等級製作成果汁，不添加鹽、糖、調味劑以及任何防腐保存成分。每五百毫升的番茄汁要用掉一公斤，約三十至七十顆番茄。產量稀少又難以長期保鮮，被稱爲番茄汁裡的極品，實至名歸，當之無愧。

「凡一，我昨天一起吃飯的美國朋友知道你的事之後，很想認識你。」

「誰啊？爲什麼會想認識我？」

「我說我兒子從小不打電動不玩電腦，到現在高中快畢業了還沒有手機，不用電郵，甚至全班都以臉書在聯絡功課、安排活動，他照樣不以爲意地過著無電子通訊的荒島漂流生活。我這位朋友覺得太特別了，很想和你見一面。」

「他是心理醫生還是社會學家？在研究個體與人群關係嗎？」

「都不是。她是臉書現任ＣＯＯ，營運長，雪柔．桑德伯格（Sheryl Sandberg）。她很想了解，爲什麼臉書現有的產品無法吸引你使用，要增加什麼功能或設計，像你這樣的人才會接受它、喜歡它。」

「拜託！這個女人一定是工作狂，遇到任何機會都要和自己經營的事務扯在一塊，臉書的全球用戶已經超過十四億，不缺我一個好不好！」

「她的邏輯一定是：如果能夠讓凡一這樣的人也使用上癮，臉書的用戶說不定就能突破二十億了！」進三聽了母子兩人的對話，以心理學家的立場表達看法。

「雪柔這位女性營運長的確如凡一說的，是個超級工作狂，不過是個很有意思的工作狂。」麗子說道。

「昨天不是昭惠夫人宴請嗎？人多不多？有趣嗎？」進三早就想打探一下總理夫人的近況了，趁機問道。

「我事先跟昭惠說，人多我就不去了，行禮如儀的場合我沒興趣。所以昨天只有五個人，日本人除了我還有野田聖子，外國人除了臉書的雪柔再加上雅虎的 CEO 梅麗莎．梅爾（Marissa Mayer）。小團體吃飯聊天，就在大阪阿倍野的『壽司．萬』，氣氛很好，聊得很開心。事後昭惠和野田都說，這樣的聚會才有意義。」麗子說道。野田聖子是日本現今政治家中最具資歷聲望的實力派人物，曾經出任法務大臣，也擔當過黨三役中，掌管政黨資源的總務會長（黨三役，指日本執政黨內的三大重要職務，除了總務會長，另有負責黨務的幹事長以及擔任黨政協調的政調會長）。許多觀察家都預測，執政黨內若要誕生一位女性首相，那麼，現在距離總理寶座最近的，除了擔任過防衛和環境大臣的小池百合子之外，就是她了。野田和昭惠私交甚篤，因為兩個人都愛喝酒，野田的酒量更是女中豪傑，絲毫不讓鬚眉。

昨晚的聚餐，其實是正式會議結束後延伸出來的私人行程。為因應高齡少子化社會來臨，勞動力嚴重不足的問題，日本政府將促進女性就業、提升女性職場占比、促進女性投入社會勞動生產，列為國家生存發展的重要戰略。不只在法令、制度、政策、環境等方面進行改革，打造更友善的女性職場環境，以及更有助於職業婦女的家庭支持機制，更將女性地位的解放與提升，作為一項普世價值下的共同課題，推動國際間的合作與交流。所以，從去年開始，啟動了由日本主導舉辦的「邁向女性輝耀社會國際研討會」。這個會議規模之大、層級之高，基本上是比照每年一月份在瑞士達沃斯舉行的「世界經濟論壇」，所以有「女性版達沃斯會議」之稱。今年的會議地點在日本最高的摩天大樓，僅次於東京晴空塔和鐵塔的第三高建築物：大阪阿倍野的萬豪都酒店舉行。與會的來賓，國家正、副元首層級近二十位，全球前五百大企業領導人以及學術、文化、傳媒各領域菁英兩百位，加上參與研討交流的受邀者近千人，清一色是女性。會議的東道主是現任總理夫人昭惠，昨晚聚餐包括麗子在內的四位，都是在大會中發表演說或擔任引言人的重要與會者。

「五位日美兩國政經界女性領導人相聚一整晚，該不會都在就各國的男性沙文主義封建文化交換意見吧？」

「才沒那麼無聊，我們的話題有趣多了，也人性多了。不像男人，除了權力、金錢，就是性。」

「你們三位日本女性本來就熟識，聊天沒問題，但是兩個老外，要如何找到共同話題呢？眞的令人很好奇。」

「別忘了，我有祕密武器：彩虹數字。見面之前，就已經透過數字對她們的性格有相當程度的理解了。不過還是需要一個切入點，剛好就座寒暄的時候，壽司．萬店裡的背景音樂正在播放〈溫柔地愛我〉（Love Me Tender），野田說這是她最喜愛的一首英文歌曲，我就順著說：每個女人一生中都有一首最鍾愛或最難忘的歌，是將『愛』這個字放進歌名中的。果然，在場的每個人都有一首！」

「這的確是個好話題，妳的以愛爲名之歌，是不是〈愛的力量〉（Power of Love）呢？」

「算你還有點了解我。接著我就說了這首歌的典故。出身紐約皇后區的珍妮佛．羅絲（Jennifer

Ruth）這位不紅也不有名的創作女歌手，歌唱生涯不甚如意，乾脆告別歌壇嫁到德國去。一九八五年，淡出成爲人妻的她創作了這首歌，拿到英國由BMI發行，立即成爲銷量百萬的冠軍金曲。同年，在美國，則是由空中補給（Air Supply）演唱，專輯成績卻不甚理想。一九八八年，蘿拉・布蘭妮根（Laura Branigan）再度翻唱這首歌，也沒引起什麼迴響，在《告示牌》（Billboard）才排行六十八名而已。歌曲創作了近十年之後，一九九四年，從加拿大來到美國的席琳・狄翁重新演繹了這首歌，一砲而紅，在排行榜上蟬聯了四週冠軍。十年時間，一首歌從美國到德國，從英國到加拿大，歷經四個人演唱，才終於成爲不朽的經典。四個演唱版本之中，的確是席琳・狄翁表達得最感人肺腑，空中補給唱得最爛，把整首歌糟蹋了。我就說，這首由女性寫成的〈愛情的力量〉，之所以深入女人心，因爲它不是那種誇示『愛情的力量，小卒也會變英雄』的男性觀點，而是揭露了女人的期待，告訴男人們：愛情的力量，不在外面的世界，是在自己的家中。男人的力量，不在揮拳的重度，是在碰觸所愛之人時的溫柔。大家，尤其是兩個美國女生，都大表贊同，用力點頭稱是。」

「那其他人的以愛爲名之歌是什麼？她們有說嗎？」

「當然有！梅麗莎的最愛正好也是空中補給唱的〈失落的愛〉（All out of Love），不過，這首歌空中補給確實唱得很棒，不愧是他們的經典代表作。我覺得很有意思，梅麗莎選的這首歌名，好像和她現在在雅虎遇到的困境滿能呼應的，眞是人如其歌。」

梅麗莎在二〇一二年七月就任執行長之後，雅虎股價最高曾上漲三倍，但是現在卻很慘，二〇一五年第一季淨利衰退93%，股價的實際淨值接近零。二〇〇三年時，雅虎和Google市值差不多大，如今，Google的市值是雅虎的近九倍。問題是，梅麗莎身為CEO，三年來，她到底做了哪些錯誤的事把公司弄成這樣？沒有！她不但沒有犯下任何錯誤，而且，把教科書上如何拯救企業、領導轉型的良好示範，全做了，做得漂亮極了：改革體制、加強考核、精選人才、重視溝通、提升士氣、淘汰不適、併購關聯產業、決策公開透明，甚至連布局未來規劃，她都做了。可是，業績還是一路下滑，營收毫無起色。

「梅麗莎是史丹福大學符號系統系、資訊工程研究所畢業的。一九七五年出生的她，從小就是資優生。金髮碧眼，被稱爲是美國科技業最美麗的CEO。她本來在Google負責產品開發，一路升遷到副總裁位置，才被雅虎挖角，可以說是一帆風順的天之驕女，現在卻陷入了不知如何是好的困境。三千寵愛不再集於一身，眞的是『失落的愛』。昨天聽她的心聲，對她心理傷害最深打擊最大的，不是自己的收入、地位、財富，而是被冠上了一頂『花生醬CEO』（Peanut Butter CEO）的頭銜。」

「為什麼？雅虎和花生醬有什麼關係？難道他們也去併購連鎖早餐店嗎？」進三大惑不解。

「意思是指梅麗莎的改革行動，像花生醬一樣，每個議題，如同在每片吐司表面塗上薄薄一層，都有沾上，可是都沒什麼真正的食物意義。也就是說，眾人皆知Google專長搜尋，臉書專長社群，但沒人知道雅虎專長什麼？雅虎沒有強項、缺乏聚焦，因此所有的改革行動也就不見效果，併購其他公司也就沒有效益。少了核心業務，廣告流通量銳減，公司營收和獲利能力就大幅下降了。」

「真慘！不過，造成這種狀況，歸根究柢是梅麗莎這位執行長的錯，還是另有原因呢？」

「雅虎的花生醬故事告訴我們，即使是最先進的科技產業，一位高瞻遠矚手握決策大權的領導人，仍然是很重要的。因為，企業永遠面臨著在短期利益和長期策略之間做出抉擇的兩難。為了長期的發展，必須在當下做出重大的未來投資，不得不犧牲部分放進口袋的現金收益，這種策略性的視野和決心，通常只有公司的創辦人才具備。蘋果前有賈伯斯，後有庫克；微軟有比爾．蓋茲；臉書有祖克柏；Google有佩吉，而雅虎呢？創辦人把公司股份賣掉拿錢跑了，投資股東所組成的董事會，變成只在乎當年度、當季甚至當月的獲利，根本不管未來如何。一旦公司業績不理想，就把

CEO解雇。在梅麗莎之前，雅虎有一位CEO甚至才做了六十五天就被炒了。只重視股東短期利益的董事會，造成像梅麗莎這種專長於規劃功能、設計產品的人才，變成花最多時間在努力如何發給股東最多現金股利的財務問題。臉書和Google看到雅虎這種因爲股東短視導致公司衰退的現象，嚇得修改公司章程，在股權持有的設計上，讓創辦人在董事會擁有過半數以上的投票權。」

「看來雅虎的未來不樂觀，那梅麗莎個人又如何呢？妳幫她算了彩虹數字嗎？」

「都是昭惠一直慫恿，幫我吹嘘，我只好應觀眾要求小試身手。梅麗莎雖然事業成功外型亮麗，各方面條件都是出類拔萃的人生勝利組，可是當我告訴她：其實妳很沒自信，既膽怯又內向，既孤獨又自閉。因爲沒有自信，所以沒什麼朋友，也不敢正視別人的眼神。因爲膽怯，所以做事猶豫不決，卻要裝作有魄力。因爲不敢做決定，所以決策都仰賴數據，尤其現在完全相信大數據。我才說到這，她的眼淚就快流下來了。」

「然後呢？」

「然後是個人隱私，不便透露。不過我建議她，雅虎只是她人生中自我磨練成長的中繼站，應該感謝它提供機會給妳做了這麼多嘗試，嘗試過了，經驗有了，該離開時就不必留戀。」

「好吧，梅麗莎的後續有待觀察。那麼，另一位呢？臉書的營運長？」

「雪柔才是我今天要談的重點，在說她的事情之前先提醒你，壽司．萬開在阿倍野十二樓的新店，環境眞是優雅舒適，而且，料理的味道一點都沒有改變，完全維持過去一貫的水準。下次到大阪，我們一起去！」

麗子說的這家壽司．萬，歷史源遠流長。早在十七世紀末、十八世紀初，世居大阪的天才歌舞伎和淨琉璃劇作家：近松門左衛門，就曾經將這家壽司店的招牌「雀鮨」（麻雀壽司）寫進劇本中。近松的祖父，是跟隨豐臣秀吉的名門武家，但他自身卻拋棄武士身分，投入市井小民的演劇創作世界。最有名的作品，就是講台灣鄭成功故事的《國姓爺合戰》，成爲日本傳統歌舞伎的名作。壽司．萬這家店，在近松的時代經營鮮魚生意，一七八一年成爲製作雀鮨的專門店。所謂雀鮨，是將醋飯放入小鯽魚裡做成的壽司，因外形像麻雀一樣而得名。大阪壽司，不同於關東的握壽司，是把醋飯和食材放入木器中壓在一起成型的壓壽司。壽司．萬的雀鮨，自從十八世紀後半以來就捨棄鯽魚，改以瀨戶內海的天然小鯛魚爲食材壓製而成，其風味口感，微妙的味道，歷兩百多年而不變。近松以吃了雀鮨的回味無窮，來比喻看了好戲之後的心滿意足，其美味可想而知。

「好久沒品嘗壽司．萬的雀鮨了，隨時奉陪。臉書這位女性營運長身上的故事精采到足以成爲某個數字的典範嗎？」

「雪柔・桑德伯格比梅麗莎大六歲，一九六九年次。她一頭黑髮、五官立體，具有拉丁裔美女的氣質，但其實出身於邁阿密的中產階級猶太家庭，爸爸是醫生，媽媽是老師。從小受父母傳統觀念灌輸，覺得婚姻才是女人的終極目標，找到好男人把自己嫁掉是實現這個人生終極目標的唯一方法。她說，自己小時候根本沒想到會有如今的一天，以為一輩子相夫教子就滿足了，所以雖然品學兼優，卻沒有什麼企圖心。大學讀的是哈佛商學院，畢業的時候，指導教授告訴她，妳成績這麼好，可以獲得研究獎金去歐洲進一步深造。這小女孩一口就拒絕，理由是：我想嫁人，所以我想到華盛頓特區找工作，因為那裡條件好的適婚男人比較多。」

「沒想到這位叱吒風雲的女強人從前這麼天真無邪。」

「曲折的人生才剛開始呢。她去了華盛頓，畢業後的第一年，就找到了條件極好的男人，也順利在二十五歲結婚了，美夢成真，卻不是從此幸福快樂。這個婚姻完全不如預期，沒多久，就離婚了。失婚的打擊，讓她的人生陷入黯淡，不管工作上的成就如何，總是讓她覺得自己是個失敗者。不過，她在事業上的表現，可真是耀眼奪目。先進入世界最大的顧問公司：麥肯錫擔任管理顧問，在首都詭譎複雜的政治圈之中，磨練出一身好本事。而後進入財政部擔任勞倫斯・桑默斯部長的幕僚長，在行政部門充分歷練、培養人脈。然後由政轉商，到Google擔任營運部門副總裁，直到二

○○八年進入臉書，擔任營運長。雖然一路走來事業得意，但是在一切光環背後，卻躲藏著婚姻失敗的陰影，讓她覺得自己身上似乎背負著一個烙印一樣。」

「這樣一位女性，她喜歡的以愛為名之歌會是什麼呢？」

「是芭芭拉．史翠珊所演唱的〈戀愛中的女人〉（Woman in Love），真的非常貼切，也很符合雪柔的數字，再聽下去就知道了。在職場上，雪柔精明能幹，嫻熟公司治理，長於運作經營。面對媒體甚至批評者，舉重若輕、遊刃有餘。她就像凡一說的，是工作狂，每天最早進公司，同時間做好幾件事，開會不超過一小時，部屬報告事情只給十分鐘，連臉書的創辦人祖克柏都不禁要讚許說：『沒有雪柔，臉書就不完整了。』然而，在輝煌事業的另一面，她的內心保留著從前那塊，屬於一位單純女孩的，對於愛情與婚姻的渴望企求，始終沒有改變，始終一直藏在看不見的深處。直到遇見她的先生：戴夫．古德柏格（Dave Goldberg），二○○四年兩人結婚，過去的陰影才逐漸淡去，對生命的期待才得到滿足。雪柔說，和老公結婚的時候，她心裡的感想只有一句話：『好家在，好男人還沒有全部被搶光。』從此之後，真的過著幸福快樂的生活。雪柔生了兩個孩子，家庭關係融洽美滿。同一時期，臉書的用戶人數，在她的經營之下，先在三年內衝破七億，而後再於三年內倍增為十四億。雪柔在家庭和事業的成功，堪稱是美國女性由政轉商的最佳典範，尤其她和丈夫的感情恩愛，更是人人稱羨。」

「事情一定沒有一直那麼美好的，對不對？」凡一突然開口問道，這些故事他也聽得饒有興味。

「是啊，人生無常。二〇一五年五月一日，她的先生戴夫驟然去世。這麼渴望愛情與婚姻的女人，歷經挫折失敗，好不容易走出陰影，找到了真命天子，得到了期待一生的幸福，然後，又突然之間被剝奪殆盡、天人永隔。這老天爺，也實在太作弄人了。昨晚，說著這些心情故事的雪柔，不再是臉書的營運長，不再是政商職場上的女強人。她從皮夾裡掏出和戴夫的合照讓我看，活脫就是一個居家主婦，頭髮亂翹，穿著可能是在香蕉共和國（Banana Republic）買的簡單T恤，挽著身邊高大強壯的老公，一臉平凡的盈盈笑意，平凡得令人動容。我說：這張照片裡的妳，應該就是妳最喜歡的自己的樣子吧。她聽了，淚水在眼眶裡打轉，輕輕地點了點頭。」麗子拿出手機，點進雪柔的臉書，秀出一段她在承受喪夫之痛後所寫的文章，表達出深切的思念和真情：

我們並沒有足夠的時間在一起，即使我現在心如刀割，人生好像毫無預警般的深陷地獄裡，度過我人生最黑暗悲苦的時刻，但我仍知道自己有多麼幸運，人生曾經有戴夫相伴，若時光回到十一年前，我們步入結婚禮堂時，有人告訴我，他會像今天一般，從身邊被奪去，我還是會和他一起走向婚姻的殿堂；因爲，作爲戴夫妻子的十一年，和他一起養育孩子的十一年，是我目前所能想像最幸福、最幸福的時光。我感謝上蒼給我和他一起度過的每一分每一秒……

「眞的很感人，每個字，都是深情。」進三和凡一都感動不已。

「這樣的女性，這樣的人生，適用哪個數字呢？」進三問道。

「雪柔是數字6，中年階段數33／6。6的能量展現就是愛；她的生命課題就是尋找最愛、體悟眞愛、發揚大愛。低階的6，一心只想透過物質的追求去出人頭地，有很強的分別心，在完美主義的另一面就是吹毛求疵。名、利、權、勢、情、愛，樣樣都想要，其實是虛榮作祟。中階的6，有了物質就會講究品質，會以彈性、雙贏的手法，去達成自己的目標，創造出皆大歡喜的局面。高階的6，是優雅的，品味高尚的。因爲自己圓滿了，也會希望別人圓滿，所以會布施、奉獻，具有療癒的能力。這一切，都是因爲她找到了眞愛，懂得愛的眞諦，在於無條件地付出。至於到達終極境界的6，則是擁有一顆天使之心的善人，大愛無我、悲憫眾生。數字6的人在自己不能察覺、未能提升的狀態下，經常既是天使又是魔鬼，既願意給予一切卻又很會折磨傷害人，尤其是對愛她的人或她愛的人。我問雪柔：妳是不是事必躬親、勞心勞力、緊迫盯人，凡事追求完美又有潔癖？她說：百分之百是。我又問她：妳是不是從小到大自我優越感很強，但是又很會照顧弱小，幫助別人，熱心公益又有愛心？她說：Exactly！我再說：妳上輩子是貴族，所以這一生，什麼都要用最好的，琴棋書畫不用學，自然就很厲害。對愛的人會過度關心干涉，口頭禪是：我都是為你好。對不對？雪柔說：Holy Yes！在她身上，數字6的生命特質展現無遺。在場的女生們聽到我的解析都覺得真是太神奇了。」

「那麼，對應數字6的世界名畫，想必妳也已經胸有成竹了吧！」

「法國畫家弗朗索瓦．熱拉爾（François Gérard）所創作的油畫《賽姬接受愛神的初吻》，這幅作品應該最能充分反映數字6女人的心性。這幅畫也是根據一個希臘神話故事描繪的，故事情節你應該知道，可以說給凡一聽嗎？」麗子對研究神話原型和符號學的進三，丟出這樣的隨堂考題並不算太難。

「古希臘一個小城邦的國王生了三女兒，每一個都很美，尤其是小女兒賽姬（Psyche）美到簡直不像話，大家都被她的美震驚不已，說她美到連維納斯，也就是阿芙蘿黛蒂女神只配替她提鞋當婢女，漸漸地連維納斯的神廟也沒人去參觀膜拜而變成了蚊子館。維納斯脾氣本來就不太好，是可忍孰不可忍，就把她和戰神阿瑞斯婚外情的私生子愛神邱比特叫來，吩咐邱比特用他的愛之箭，使賽姬愛上天底下最邪惡醜陋的生物。誰知邱比特執行任務時，一見到賽姬也被她的美嚇到，自己被愛之箭割傷，瘋狂地愛上賽姬。美麗的賽姬因爲美得太超過，美到沒人敢來提親求婚，反而一直沒嫁出去。國王很著急，跑到阿波羅神殿求神諭。邱比特就和阿波羅串通好，降下的神諭是：她的丈夫是怪物，一條有翼大蛇，必須把她打扮好送到石山頂峰去和這怪物成親，否則全國都會遭禍。被送上山當祭品的賽姬，意想不到地，等待她的是華麗的宮殿、柔軟的床鋪，以及每天晚上前來找她的丈夫。這個白天不見人影，要求賽姬不能看見自己面貌否則將會招來災禍的丈夫，當然就是邱比特。不知丈夫究竟是人是怪的賽姬，在兩個嫉妒她美貌和幸福的姊姊慫恿下，違背了丈夫的要求，趁他熟睡時偷看了丈夫的長相，被邱比特發現了。生氣的邱比特丟下一句話：『愛神無法在懷疑裡生活。』就跑掉了。」進三簡單明瞭地將這個故事的來龍去脈交代清楚。

「熱拉爾在他創作的這幅繪畫中，以全裸的邱比特和半裸的賽姬表現出兩個少男少女極致的美，同時也隱喻了愛和靈魂永遠不可分割的涵義。作爲一位數字6，以追求眞愛爲生命目的的女人，賽姬不會讓老公跑掉就算了，故事還沒結束呢。」麗子說道。

「維納斯本來很氣惱，怎麼連兒子都敗給賽姬的美麗，沒想到賽姬竟然自動找上門來。原來，等不到老公回家又到處找不到老公的賽姬，傷心、失望、無助、挫折，又意志堅定不屈不撓地非找回老公不可，走投無路之下只好前來求助維納斯。心腸不好的維納斯，不但不幫忙，還故意出難題折磨賽姬。又是叫她一天之內要將四百斤混雜在一起的小米、麥子、豆子分別揀開；又是要她去凶暴的牡羊身上摘取金羊毛；又是命她到斯提克斯河源頭高不可攀險峻無比的黑水瀑布用長頸瓶裝水回來。一項比一項更艱難、更不合理的指令，都讓非找到老公不可的賽姬給克服了。最後，維納斯乾脆給她一個必死的不可能任務：去冥界找冥后普洛瑟菲妮（Persephone），用盒子裝入索取來的美麗祕方，帶回來孝敬婆婆維納斯，作爲抗老美容聖品。賽姬明知這趟旅程恐怕一去不回，心想沒有老公活著也沒意思，就傻傻地出發了。果然，任務失敗，賽姬成了一副睡屍。這時，躲在媽媽家裡，害得賽姬歷經各種考驗、吃盡所有苦頭，甚至不惜以身殉情的笨蛋老公邱比特才終於良心發現，找到睡死了的賽姬讓她復活重生，並且請求宙斯宣布承認他們的婚姻效力，讓賽姬得到永生而能住在奧林帕斯山上。宙斯因爲平時偷情把妹常叫邱比特射箭幫忙，欠他很多人情，也就答應了，於是總算有情人終成眷屬。」

「問題是，壞心的維納斯怎麼會接受這麼美滿的結局呢？她大概是希臘神話裡的惡婆婆原型人物了。」凡一質疑兼評論道。

「維納斯可能是想說把賽姬留在奧林帕斯山上，養在深宮無人識，凡間的人不知她的美貌，就不會影響自己的競爭力，可以繼續獨占壟斷人世的美貌市場，這樣一來，她的神廟就會恢復生意興隆了。」進三的解釋合情合理。

「我以這幅描繪賽姬的畫作來對應數字6，重點不僅是熱拉爾所強調的純潔唯美愛情，更重要的是，故事後半段，賽姬從一位少不更事的女孩，變成為了尋找丈夫可以不辭一切勞苦、不畏任何艱險、不怕所有考驗的女人。這所有的無懼和勇氣，都來自於愛情。為了追求眞愛，任何事情都變得無所謂了。愛情，讓女人勇敢而偉大，這不就是數字6女性的生命寫照嗎？」

「數字6的意義和賽姬故事的象徵，是不是也適用在反映雪柔的人生呢？」

「是的，我看到的雪柔是：即使身陷如此巨大的悲傷之中，她依然努力地挺身而行。在訴說完自己人生中的痛楚之後，仍舊能夠帶著悲傷前進未來的人生。她說：沒有丈夫戴夫，她的人生就不完整。我告訴她：這一生，她已經找到了眞愛，這樣的人生，就已經完整了。她非常認同我的看法。生命是流動的，數字6的人，在體悟到愛的眞諦之後，可以發揮極大的力量去利益眾生。雪柔的未來，還大有可爲呢。」

「馬麻，這位營運長如果要和我認識，我很樂意。我想，待會就去設立臉書帳號。我要試用看看，有著這麼感人故事的營運長所經營的社群網站，用起來是什麼感覺。請妳跟她說，記得加我臉書朋友，這樣我就可以追蹤她的後續故事了。可是，既然我也開始使用臉書，那她和我見面的動機不就消失了？」凡一眞是一個敏感又秉性善良的孩子。

「沒關係，下次和她見面我就找你一起去。不過，你設了臉書，在加入雪柔之前，應該先加我才對吧！」麗子說道。

「好啦，大家都說臉書加父母很遜，爸媽常在我們聊到一半時插進來，很丟臉，但我才不在乎。」凡一是怪咖，搞不好他的聯絡人最後只有進三與麗子。

「我們五個女人昨晚聊得很開心，還說下次有機會要一起去唱卡拉ＯＫ，昭惠和野田都很會唱，有她們在，完全不會冷場。」

「對了，昭惠夫人經過上次事件之後，有沒有什麼影響，一切都還好嗎？」進三指的是不久前昭惠被媒體爆料不倫戀情的事。

「算是已經做了最大風險管控，把可能的傷害降到最低了。她和丈夫協議好了，至少在總理大臣的職位卸任之前，兩個人都願意繼續維持婚姻關係，不管是否名存實亡，也不要再造成彼此任何的麻煩困擾。所以，往後的行爲舉措都要多注意。昭惠有聽進我的話，把酒戒掉，昨晚眞的都沒喝，所以桌上的酒幾乎都是野田一個人喝掉的。」

「那就好。對了，每個女人都有一首以愛爲名的歌曲，妳是〈愛的力量〉、野田是〈溫柔地愛我〉、梅麗莎是〈失落的愛〉、雪柔是〈戀愛中的女人〉，那，昭惠夫人的呢？」進三忽然想到。

「昭惠啊，她的歌是歐陽菲菲的〈逝去的愛〉（Love is Over）。」時近中午，麗子早就餓了。心想幸好昨晚昭惠堅持請壽司．萬的師傅做了一堆這家歷史名店的三大名物：小鯛雀壽司、鯖姿壽司與星鰻壽司，讓我帶回家，現在，正是享用的時候了。

（寫於二〇一五年十月十日星期六）

數字 3 的女人

安潔莉娜·裘莉

ANGELINA JOLIE

《麗妲與天鵝》（草圖）
達文西，繪於 1503-1507 年

藤原家今天來了一位客人，一輛沒有任何標誌的黑色禮車停在門口，沒有任何隨行陪同的人員，顯示這是一次純屬私人情誼的拜訪。幸好行程沒有曝光，否則蜂擁而來的媒體恐怕要塞爆修學院離宮周邊交通。來訪的人，叫作安潔莉娜·裘莉（Angelina Jolie）。不過，今天她的身分，不是好萊塢知名女星，而是聯合國難民署特使，更重要的是，作為藤原家女主人岩崎麗子的朋友而來。

裘莉以聯合國難民署特使身分要求安排和麗子會面，是因為麗子已經獲得理事會決議通過，將於明年一月起出任「財團法人日本船舶振興會」理事長。這個機構是日本戰後以來組織最龐大，財力最雄厚，影響力最深遠的非營利公益團體，專門從事日本對海外各國，特別是第三世界開發中國家的各項援助計畫，包括：人道救助、文化保存、衛生條件改善與疾病防治、提升就學率與教育程度、科學技術普及化等慈善事業。每年的經費預算，動輒高達數百億日圓，單單宣傳廣告費用就在四、五億日圓之譜。雖然名稱為船舶振興，其實成立的緣由和航運商務無關。經費的來源，明訂由日本賽船（競艇）活動全年營收提撥3.3%作為唯一的收入。賽船是日本規模最大的博弈事業之一（僅次於賽馬），營收的3.3%就是嚇死人的天文數字了。

推舉麗子出任此一機構領導人的呼聲已經持續了多年，這次終於不好意思再推辭了。麗子眾望所歸，一方面是她的專業能力與形象，在政治事務，特別是國際關係領域的地位，近年來日益提升備受肯定；另一方面，也和她身爲岩崎家族成員的背景有關。畢竟，明治維新時期爲了加速國家現代化，扶植民族企業資本，當時政府將全國煤礦海運獨占航權授與三菱汽船，從海運切入奠立海洋國家的工業化資本累積基礎。

三菱汽船爲了海運，就必須擁有船隊，於是扶植了三菱造船。爲了造船，就必須有鋼鐵，於是扶植了三菱製鐵、三菱冶金，再加上三菱重工負責生產各種機具設備。海運事業的營運，延伸出了海上保險業務，跨入了金融服務領域，又可以和三菱銀行形成資本策略的協同關係。一個主宰國家現代化命運的巨大財閥就是這樣急遽發展而成的。戰前的三菱財閥，是帝國主義軍事擴張的共犯結構之一。戰後的日本船舶振興會，是實現人類共同福祉與價值的非營利組織。這，正是日本從一個侵略霸權轉變爲和平主義國家最爲明確的例證。

裘莉的到訪，是爲了和麗子商討難民援助一事。兩年多來，葬身地中海的偷渡者，對世人而言，只不過是不斷累積的抽象數字，截至二〇一五年九月，就已經有二千七百四十八人被大海吞噬。不久之前，一位敘利亞男童科迪（Aylan Kurdi）溺斃躺臥海灘上的照片席捲全球，其猶如熟睡天使的安詳臉龐、瘦小身軀、衣裝得體、五官精美接近西方人，讓世人感到「此亦人子」，也終於喚醒了全世界對於敘利亞難民的關注。當裘莉聯絡麗子提出會面要求時，麗子的回應是：如果要討論如何提供實質協助，就不要在公眾場所商談，乾脆來我家吃飯。裘莉一口就答應，於是有了今天的造訪。

從進了大門開始，裘莉就對藤原宅邸庭院日式風格的一草一木展現出高度的興趣與讚嘆，走入玄關，進到室內，她的目光又被牆上一幅幅的畫作所吸引。

「Oh! My God！岩崎理事長，妳家掛的全是馬克·羅斯科（Mark Rothko）的作品，太美了！我也很喜歡這位蘇聯出身的畫家，前年蘇富比有一幅要拍賣，我叫布萊德搶標，他竟然說，花五億美金買一幅畫，還不如去訂一架新的灣流式私人飛機。氣得我三天不跟他說話！」裘莉興致高昂地欣賞著藤原家的羅斯科畫作，有一百號原尺寸大小的，有五十號、三十號尺寸的，也有縮印為明信片長寬加裱框的。每一幅，都極具巧思地安置在光線的亮度、角度，與畫作色塊的冷暖明暗最為搭配的地方，整個空間因此呈現出一種協調的現代感，舒適而寧靜。

「裘莉，我要糾正妳的話，第一，請叫我麗子，不要稱呼我什麼理事長；第二，羅斯科確實是出身蘇聯、成名於美國的藝術家，可是他是出生於拉脫維亞的人喔。我們家掛的都是由佳能（Canon）高科技掃描顯影列印技術所製作的『高精細複製品』，在視覺上產生的效果，已經達到肉眼難以區別和眞跡有所差異的程度了。我可沒有五億美元去買羅斯科的眞跡，如果有這筆錢，我也要拿來訂私人飛機！」

「OK，麗子，妳也別忘了，上次就跟妳說過，叫我『安』就行了，裘莉是影視記者和聯合國那些官僚在叫的。大老遠叫我來妳家吃飯，準備了什麼款待我啊？肚子餓了啦！」裘莉和麗子在一起，自在的就像個鄰家大女孩一般。

「別以爲我會爲了招待妳這個大明星，就把米其林三星主廚找來家裡外燴，什麼特別準備也沒有！我們家原本要吃什麼，妳就和我們吃一樣的。今天的午餐是：烤秋刀魚配白飯，就這樣而已。烤魚是我先生的專長，他在廚房忙，應該已經弄好了。」

「Fish and Rice？太棒了！我好像聞到味道了，好香啊！」裘莉愛吃的程度不在麗子之下，這兩個女生會成爲好朋友不是沒道理的。

雖說沒有特別準備，麗子爲了這一餐，也是頗費苦心的。秋天，正是秋刀魚最肥美的季節，以「旬之食材」待客，此爲苦心之一。秋刀魚是最能夠代表日本庶民飲食生活的料理。從前的日本，平民吃肉的機會非常少，魚類是這個海洋國家人民最重要的蛋白質來源。而秋刀魚，又是近海沿岸最容易捕獲、百姓餐桌上最常見的廉價魚類。對日本人來說，秋天來臨之際，從某戶人家傳出、飄散於長屋巷弄之間的烤秋刀魚香味，就是故鄉的感覺。所以，「秋刀魚的滋味」就是「家的味道」同義詞。以這樣的庶民料理款待裘莉，此爲麗子的用心之一。更難得的是，今天的秋刀魚，產自東北地方宮城縣的女川，每一尾都挺直漂亮得有「美人魚」之稱，是秋刀魚中的極品。搭配烤魚的白飯，則是新潟縣從既有的越光米之中再精選出來的特A級產品，推出了新的品牌叫作「新之助」，每一顆米粒都飽滿渾圓散發閃爍光澤。最好的魚配上最好的飯，此爲用心之三。

果然，裘莉一開動之後，手口就沒停下來，藤原家的黑檀木筷子在她手上運作得靈活敏捷，完全不像出自一位西方人，使用筷子的功夫和直呼「おいしい（好吃）」的發音一樣標準。直到她開始進攻第三尾，麗子才開口問起：「前幾天民主黨內總統候選人辯論，看起來是希拉蕊大獲全勝吧！」

在美國傳統的政治生態環境中，以洛杉磯好萊塢爲中心的影視娛樂界，幾乎都是民主黨支持者的天下，裘莉也不例外，比較傾向自由派的她，對希拉蕊更是支持。對此，麗子是知之甚詳的。

「是啊，希拉蕊展現了其他競爭者無人可及的政策掌握能力和執行經驗資歷，連她最強勁的對手桑德斯都在電郵門問題上替她說話，給人一掃陰霾的感覺。」裘莉可不知道，在電郵門事件上認錯道歉，正是不久前麗子給予希拉蕊的建議。

「最重要的是，她在全體美國人面前表現出足夠的自信，再加上恰到好處的幽默感，咄咄逼人的感覺消失了，但是，堅強的意志還在，對待事情舉重若輕，這就符合人們心目中對國家領袖的期待了。」麗子補充道。

談完希拉蕊，午餐也差不多結束了。該是進入正題的時候，麗子輕啜一口靜岡縣產的日本煎茶，說：「安，自從二〇一一年敘利亞爆發內戰，幾年來，超過半數的敘利亞人民被迫離開家園。冒險渡海的人，到現在，死亡人數已經達到二十二萬人。我知道，妳曾經多次到敘利亞難民營，做了很深入的訪察，能不能把妳看到的狀況讓我知道？」

「我曾經十一度走訪敘利亞難民營，他們的處境令人心痛。每當閉起眼睛，我會想起最近在伊拉克難民營遇見的一個母親。她可以告訴我們：當年輕的女兒被武裝分子擄走、淪爲性奴之後，還要嘗試活下去的感受是什麼。我會想起住在黎巴嫩帳篷裡的哈拉（Hala），是全家六名孤兒中的長姊，她可以告訴我們：母親死於空襲，父親失蹤之後，年僅十一歲卻要承擔餵飽家人的責任，是什麼狀況。我又會想起艾門（Ayman），一位來自敘利亞北部城市阿勒坡的醫師，當一艘超載百人的偷渡船沉沒，目睹妻子和三歲女兒墜落地中海之後，他可以告訴我們：在戰區中所有選項都無法保護所愛的人，最終只能在絕望的賭注裡失去他們，那是什麼樣的掙扎。」裘莉說道：「我認識的每一位敘利亞人，都可以更生動地描述這場戰爭衝突。即使與這場衝突毫無關係，卻有將近五百萬的敘利亞難民成爲無辜受害者，被汙名化、遺棄、還被當作是包袱甚至威脅。」

「每一個心痛，都成爲妳眼睛一閉就浮現的記憶。這只是敘利亞的部分，全球各地的難民情勢不止於此，不是嗎？」麗子問這位難民特使。

「根據聯合國難民署的資料，二〇一四年，全世界有一千九百五十萬難民，其中五百萬住在中東、近東的難民營，另有半數在亞洲，28%在非洲。二〇一五年從一月到九月，有四十三萬人從地中海進入歐盟，其中三十萬經希臘，十二萬經義大利。抵達希臘的最多來自敘利亞，十八萬，其次是阿富汗五萬，巴基斯坦一萬。抵達義大利的最多來自厄利垂亞，三萬，其次是敘利亞一萬五千，索馬利亞一萬。」不愧是難民特使，裘莉對難民的情勢數據記得一清二楚。

「我所理解的狀況是，產生難民的地域日益普遍化、廣泛化，從伊拉克、敘利亞、巴勒斯坦，加上中亞的阿富汗、巴基斯坦，以及北非和中非的國家，像是衣索比亞、奈及利亞、多哥、剛果。這些難民紛紛往利比亞集中，因爲從非洲北端的利比亞海岸啓程，在夏天的季風潮流吹送下，兩三天就能漂到義大利最南端的西西里島。一直以來，北非的突尼西亞、阿爾及利亞都還算安定，但是自從利比亞的軍事獨裁者格達費在『阿拉伯之春』的革命浪潮下垮台後，陷入內戰的利比亞成爲無政府狀態，連帶使得這兩個小國也動盪不安，再加上埃及這個北非最大國也因爲阿拉伯之春革命不斷內鬥衝突，所以，中東、近東、非洲的難民全都擠在北非海岸線上沒有人管，每天準備偷渡的人數超過百萬。」麗子不僅熟悉國際情勢，還曾經在貝魯特的美國大學擔任過一年訪問學者，對地中海周邊歷史文化種族宗教有深入的理解。

「問題眞的很嚴重，一切都是戰爭引起的，可是國際上的強權大國不但對難民的處境袖手旁觀，連抑制戰爭衝突的意願也沒有。這個月，美俄兩國的總統還在聯合國大會的演說中，像小孩一樣互推責任、互相指責，眞是幼稚極了。」裘莉指的是，歐巴馬在聯合國主張支持敘利亞反抗軍推翻阿薩德政權，普丁立刻反擊說這是干預國家主權內政，阿薩德是敘利亞唯一合法政府的總統。兩人互槓後的第三天，俄羅斯就出動空軍，名爲轟炸ＩＳＩＳ伊斯蘭國，實際上瞄準的都是敘利亞反抗軍的陣地，代替敘利亞政府將叛軍消滅。

「安，妳可知道，普丁的全名是什麼?」麗子問道，裘莉搖了搖頭，麗子告訴她：「普丁的全名是：Vladimir Vladimirovich Putin，弗拉基米爾．弗拉基米爾之子．普丁。弗拉基米爾是他的教名，也是普丁父親的教名，這個名字從何而來呢?這是那位奠定斯拉夫東正教信仰的基輔大公名字。西元十世紀末，弗拉基米爾迎娶了拜占庭公主，不但本人受洗，並且下令全體居民領洗，建立了千年以來斯拉夫人的宗教信仰，被俄羅斯和烏克蘭尊奉爲聖人。崇拜弗拉基米爾，是將東正教作爲斯拉夫民族精神的統一力量，代表俄羅斯、烏克蘭、白俄羅斯有著共同的文化淵源。蘇聯解體後，東正教迅速復興，追求『俄羅斯世界』（Russkiy Mir）成爲東正教徒在信仰上、傳統上和習俗上體現共同價值觀的目標，超越了國家和民族的觀念。普丁就是此一信仰的教徒，他覺得自己和千年前的弗拉基米爾有相同的使命，以國家主權來體現上帝的旨意，建立一個精神領域上的神聖俄羅斯。這種觀念，不只適用在前蘇聯國家，也表現在『關懷』國境外的東正教徒及其盟友，所以，普丁強力支持巴爾幹半島的塞爾維亞以及中東的敘利亞。外界不了解這些精神領域的認同和維繫力量，普丁的意志立基於其上，是非常不容易動搖的。」

「原來如此，到現在我才了解，俄羅斯不是單純蠻橫地要和美國做對爭老大而已。戰爭衝突的發生，背後其實有著很深遠的文化信仰以及歷史種族因素。不過，聯合國成立的宗旨就是阻止和終結衝突，安理會擁有權力可以對戰爭產生的人道危機採取行動，但是卻毫無作爲。二月，我最近一次探視敘利亞難民時，他們已經接近放棄，他們悲慘而心酸地問我：『爲什麼我們敘利亞人民，不值得拯救？』我無言以對。在我們的猶豫不決之間，魔鬼已經從毀滅中再生了。我很高興麗子妳即將擔任日本船舶振興會理事長，日本是國際間重要的國家，妳所領導的非營利組織又擁有龐大的資源，所以我想和妳討論，透過妳的力量，能夠爲難民做些什麼？」

「知道妳要來，對這個議題我倒是認眞地準備了。解決難民問題最根本的方法是停止戰爭衝突，這不是妳我個人能達成的。降低難民擴散比較有效的方式是，支持難民發生地的周邊國家採取照顧、保障難民生活安全的措施，這樣一旦局勢穩定了，人們才能迅速地回返家園。目前，扮演這個角色最關鍵的國家是土耳其。最後，才是提高各國永久性收容難民的意願和數量。我想，除了建議日本政府提供土耳其更多的資金、資源和技術援助，協助它加強安置照護難民的能力條件之外，明年一月起，日本船舶振興會的第一個行動計畫，就是每年提供一百億日圓創造接納二十萬難民名額移居日本的方案。日本是一個封閉保守、對外來移民十分排斥抗拒的國家，但是邁入高齡少子化社會之後，接受移民的人口活力，已經成爲挽救日本社會免於覆滅的唯一方法了。這個移民接納計畫，先規劃爲期五年，共一百萬名新移民，也不過占日本總人口數1%都不到，但是要配套的軟、硬體工作非常繁重。無論如何，該做的事還是要做。現在，改變日本的時候已經到了。」麗子顯然是通盤地深思熟慮過了。

「太好了！麗子，妳眞是我認識的人裡面最有智慧、最有才能、又最有魄力的。有了日本作爲典範，我就可以去說服更多國家學習日本的做法。尤其是引入民間非政府、非營利組織的力量，不倚靠那些政客和官僚，也可以做出成效來。等妳要正式對外公布計畫方案的時候，我再來日本和妳共同召開記者會，好不好？到時候，還要來妳家吃烤魚喔！」裘莉開心地想用力擁抱麗子。

「沒問題，等過完新年假期，那時候是最冷的季節，北海道有一種魚叫作喜之翅，好吃得不得了，用烤的最棒，我會事先準備好，如何？」

「一言爲定！」這次，裘莉眞的給了麗子一個大大的擁抱。這個大女孩，還眞是有力氣，麗子心想。

送走悄悄地來又悄悄地走的裘莉，難得幫忙做家事的進三已經破天荒地將廚房、餐廳都收拾完畢，甚至，重新沏了一壺茶來到起居室和麗子共享。

「這個女孩，眞是不簡單。在五光十色的演藝生涯中，能夠保持純眞的赤子之心就已經不容易了，更何況還付出那麼多心力在幫忙苦難的人們身上。」麗子和裘莉的會談，進三下午作爲主廚兼侍者，全程旁聽但一句話也沒插嘴。

「她擔任聯合國的難民救援工作已經長達十三年。對於最近急遽惡化的難民情勢，她並不是等到全世界都關注了才跳出來。在二〇一五年的四月二十四日，裘莉出席了聯合國安理會召開的敘利亞人道狀況會議並發表演說，嚴厲譴責安理會的猶豫不決以及無所作爲，造成敘利亞內戰和難民處境更加嚴峻。當時她就呼籲國際社會緊急伸出援手，救助與日俱增的難民，可是沒有受到重視，才演變到今天的局勢。裘莉的那場演說非常感人，充滿感情，令人動容。有兩段話讓我印象深刻，她說：『成千上萬的人在救贖的門前溺死，若不是陷入絕境或走投無路，沒有人會用這種方式，讓自己的孩子面臨生命危險。』這是親身貼近苦難最眞實的觀察。所以，她以這段話爲這場苦難做出總結：『今天，五百二十萬敘利亞人流離失所，那是一片被排除在人道之外的大海』、『我們的時代，不應該被這場危機所定義，而是應該以國際社會的力量來處理這場危機。』說得眞好。」麗子衷心的讚許。

「我記得除了到處關懷難民，安潔莉娜．裘莉和布萊德．彼特還收養了好幾位來自戰火地區或貧困國家的孩子？」

「沒錯，她自己親生的有三個，收養的也是三個，分別來自柬埔寨、越南和衣索比亞，全家就像個小小聯合國一樣。」

「那這種類型的典範，是不是也有對應的數字呢？」進三問道。

「裘莉是數字3的女人，主命數33／6，有兩倍的3、又有6愛心的能量。數字3的能量特質就是展現宏觀的角度和視野的高度，生命的課題是從任性善變到變化革新，從脫線木訥到創造溝通。初階的3是好奇寶寶，什麼都想嘗試，注意力跳來跳去，玩心重，既跳tone又隨興，不按牌理出牌，健忘又不善言語，一開口就說些很白目的話。中階的3，會從好奇晉升爲敏銳，有十足的創新創意，變得能言善道，改革力量很強。高階的3，則是會以對話的方式進行溝通，也會運用超然的觀察敏銳度形成一股充沛的創造力；至於到達終極進化階段的3，將成爲新時代新觀念的說法者，具有未來性，引導人類朝向更美好的未知領域前進。總體而言，數字3最核心的價值特質就是：『美』。3的最高境界就是『美麗人生』，有著赤子之心的生命情操。而且，適合從事的工作，也是『美麗型事業』，像是美姿、美容、整形、美髮、造型、攝影、時尚；或是『藝術型事業』，比如音樂、唱歌、廣播、演藝、娛樂，甚至廣告設計、室內設計、服裝設計、造型設計以及畫家、藝術家。『美』這個重點，印證在裘莉身上，可說是絲絲入扣、分毫不差。她人美心也美，工作也是美得不得了的電影明星，眞是太適合數字3的她了。最特別的是，數字3代表點、線之間能量的跳脫和躍升，所以在運動方面很行，特別適合和跳躍動作有關的運動。」麗子分析道。

「太準了！難怪裘莉演出的角色，都是像《古墓奇兵》系列那種飛簷走壁、跳高竄低，動作俐落高難度的全世界最強女打仔，原來是數字3造成的。」

「她善變，所以接受新事物的能力非常高。她充滿未來性，所以擁有樂觀進取的精神，屬於那種正向開朗的樂天派，再加上像孩子般任性好奇勇於嘗試，讓她做了一件舉世震驚的事。」麗子已經暗示得十分明顯了。

「難道，那也是數字3的性格下做成的決定嗎？裘莉接受基因檢測發現自己身上帶有容易發生乳房癌症變異的遺傳基因，竟然毅然決然將仍然健康正常的乳房切除了，以防患於未然。這個行爲引發全世界很大的爭論。不管此一決定在醫療上的正確性和必要性如何評價，一位女性要下決心捨棄沒出毛病的雙乳，需要多大的勇氣？更何況是一位必須靠臉蛋身材吃飯的電影明星。有人推測這個舉措是爲了幫基因檢測行銷宣傳，我認爲不可能。哪個女人會願意付出這麼大的代價，更不用說是位巨星級的電影女演員。原來，從數字3的角度分析，一切就能得到合理解釋了。」

「數字3還有一個特點，就是容易有小三，三角關係，喜歡俊男美女，喜歡談情說愛，有新戀情一定跳下去，勇於劈腿。這股特質，我想每一位偶像型的明星都必須具備，才能吸引眾多粉絲熱烈追逐，無可厚非。另外，就是成爲啓示未來的說法者，這個終極進化的角色身分，倒是充分展現在裘莉身上。她擔任聯合國難民署特使的工作，正是將這一數字3的生命課題，做出最淋漓盡致的發揮。」

「所以，這個說法者的角色，說到了紐約聯合國總部去，連安理會都痛罵一番也不以爲意。想必裘莉對難民特使這個職務重視的程度，已經超越了對事業、財富、名聲的追求了。那麼，數字3的女人，表徵的畫作是哪一幅呢？」進三已經很習慣人物、數字、繪畫三者結合的討論模式了。

「剛才我就一直在思索這個問題。有一幅畫，外型特徵和裘莉的形象不是非常契合，不過，卻相當能代表數字3的意涵，而且，背後的故事，也頗能和裘莉的人道精神相互呼應，就是文藝復興三傑之一的達文西，在一五〇六年根據宙斯化身為白天鵝向麗妲求愛的故事所創作的《麗妲與天鵝》。我覺得，在數字3所有的特質特性中，最重要最核心的要素，就是『美』。《麗妲與天鵝》的題材，可以說是希臘神話中一切訴求『美』的極致了。故事的情節，你還記得嗎？」麗子又出題考進三了，不過，希臘神話的題目總是難不倒這位符號學專家的。

「麗妲的故事在希臘神話裡出現的篇幅很短，可是這個角色卻非常重要。她是斯巴達國王廷達瑞斯（Tyndareus）的妻子，因為實在太美麗，美麗到廷達瑞斯娶了她之後，天天樂陶陶，忘了向阿芙蘿黛蒂，也就是維納斯祭祀。這位人格有偏差傾向的美神維納斯，於是懷恨在心對廷達瑞斯夫妻展開了報復。廷達瑞斯怕麗妲被發現，將她安置在一個與世隔絕的小島上，麗妲也就天天在島上過著裸泳日光浴的天體營生活。誰知道維納斯故意讓自己化身為老鷹去追擊色膽包天化身為天鵝的宙斯，將這隻色天鵝追趕到麗妲所在的天體之島上空。一切都在維納斯的預料中，色魔宙斯一見到麗妲，啥也不顧了，立刻緊急降落，對這位據說美麗到浪花不敢向她飛濺，和風不敢向她吹拂，森林不敢發出聲音，花朵不敢盡情綻放的超級大美女熱烈求愛。當然，也順利地得逞了。」進三對宙斯的所作所為總是十分不屑。

「達文西的這幅畫作，就是裸身的麗妲在湖邊擁著一隻等身大的天鵝，即使兩者手頸纏繞，麗妲的臉部表情卻是平靜的微笑，不見激情。在她腳下，有兩顆蛋，誕生出了四個嬰兒。不管是不倫關係或是人鵝相戀，都不會令觀者產生一絲的不舒服或厭惡，畫面中呈現的，依舊是唯美的。這幅畫作，和數字3女人的對應關係，首先是美麗。麗妲的美，是不自知的，是極度女性化但又具有母性的。這一點，雖然和裘莉的陽剛開朗之美有所不同，但是麗妲本質內在純然的良善之美，和裘莉數字3純真的美麗人生境界，又有異曲同工之妙。其次，故事中的麗妲身為人妻又和天鵝男子搞劈腿，這就符合數字3任性、善變、愛跳入三角關係，受不了小三或小王引誘的天性了。你應該也很清楚，畫作中這四個嬰兒在希臘神話裡的重要地位吧！」麗子對於畫作的詮釋，不僅從形式、具象，更進入到象徵、隱喻，以及背後的文化精神意義。

「一般故事都說麗妲和老公廷達瑞斯生了兩個凡人兒女，男孩叫作卡斯托（Castor），女孩則是後來嫁給攻打特洛伊的希臘聯軍主將阿格門儂的克萊婷（Clytemnestra），這對夫妻的故事，構成了最偉大的希臘悲劇《奧瑞斯提亞》三部曲中的一部：《阿格門儂》。另外，故事說麗妲和宙斯的婚外情也生下一對兒女，男生叫作波魯克斯（Pollux），女生呢，則是大名鼎鼎引爆特洛伊戰爭的女主角海倫（Helen）。總之，麗妲這位美到最高點的女人，生下的女兒也都是名副其實傾國傾城的絕世美女。至於兩個男孩，有人把他們同稱爲『宙斯之子』，也有人並稱爲『廷達瑞斯之子』，一團亂。那時候也沒有DNA可以驗，到底爸爸是誰，大家也搞不清楚。」進三的腦海中，幾乎藏著一幅希臘神話各大家族人物系譜。

「這兩個男孩是另一個促使我選擇這幅畫來對應數字3的原因。卡斯托和波魯克斯這對兄弟在希臘神話故事中十分活躍，和傑森去找金羊毛的團隊裡有他們，從雅典英雄翟修斯（Theusus）手中搶回海倫的也是他們。不過，最重要的是兩個人的兄弟之愛，卡斯托死後，波魯克斯不願獨活，傷心欲絕地請求宙斯賜死。最後，他們成了天空中耀眼的星宿：雙子座，永遠不分開。作爲天神，這對兄弟的職責就是拯救船難，並且，擔任戰場上的守護者。雖然這並非達文西畫作的原意，但是面對戰爭衝突造成了千萬生命的磨難，以及無數難民必須冒險渡海的處境，這麼多苦難眾生亟待的庇佑，不就是麗妲這個數字3女人的雙生子所肩負的任務嗎？從這個角度而言，選擇這幅《麗妲與天鵝》，除了貼切地對應出一般的數字3女性之外，更有向著安潔莉娜·裘莉這位不平凡的數字

3女性致意的用心。」麗子這番真情剖白，令人感受到她內在的人道主義精神，完全不亞於安潔莉娜．裘莉。

「妳和裘莉都是偉大的女性。對了，妳送裘莉出門前好像還在我們家的庭院散步了一會兒，那時我在洗碗，沒聽見妳們聊了些什麼，只看妳們笑得很開心，在講什麼悄悄話嗎？」進三有打破砂鍋問到底的精神。

「裘莉看我們家這麼乾淨，問說是誰負責打掃的，我說是我，她說那就算了，如果是你打掃的，下次她就要把布萊德．彼特帶來我們家，好好教育示範一下。知道是我以後，裘莉說：她永遠不會讓老公來我們家了。和我們家相比，她覺得自己住的地方髒亂得像資源回收場，而且，夫妻兩人都極度懶散、極度厭惡家事又極度互相推諉責任，簡直是在進行『比爛競賽』一樣。聽得我快笑死了。電影《史密斯任務》裡那對無敵破壞王殺手夫妻，眞的是他們兩人性格的寫照耶！這樣的夫妻關係，不知道能維持多久？還好，無論如何，都不需要爲裘莉擔心就是了。」

「那麼，她對今天午餐的評價如何呢？」

「對你的烤秋刀魚手藝讚不絕口。所以，下次她冬天來要招待吃喜之翅，還是交給烤魚師傅你來料理囉。」

這時，凡一正好回到家，一進門就嚷著：「今天是不是有烤秋刀魚？好香啊！好餓喔！」這，正是秋刀魚滋味的力量。

（寫於二〇一五年十月十七日星期六）

數字

8的女人

羅塞芙

DILMA VANA ROUSSEFF

《瑪麗．德．麥迪奇登陸馬賽》
魯本斯，繪於 1622-1625 年

秋天，除了是楓紅的季節，也是柿子的季節。日本的柿，到了秋天，結實纍纍的程度，從遠處乍看，會以爲是開滿了一樹的花。數不清的紅柿掛在枝頭上，多到令人擔心樹枝能否支撐得了這秋天熟透的重量。生鮮的柿、風乾的柿，都替秋天增添了更多的色彩。今天午後時光，藤原家夫婦二人正在品嘗的，還多了一種：薄片的柿。是用奈良縣生產的柿子薄切之後乾燥製成的，放進嘴裡一咬，嘩！柿的甘甜以及奈良的日照風光，同時湧現。這是在奈良墾植竹林的松田老師特地送來的，還貼心地附贈一包產自台灣新竹北埔號稱東方美人的白毫烏龍茶，強調兩者搭配享用，風味絕佳。果然，柿子薄片在這種重度發酵輕度烘焙的茶香襯托下，果實既有的滋味更能散發開來。松田家的女兒，葵，是位容貌秀麗身材姣好的青春無敵美少女，中學畢業跑去移民巴西的叔叔家住了兩年，雖然大凡一兩歲，高中讀的是同一屆。兩人之間，是友達以上戀人未滿的關係。這柿子和茶葉，就是在同志社大學附中任教的松田老師差遣葵送來藤原家的。

「不知不覺間，彩虹數字和世界名畫對應女性人物的研析，在1到9這九個數字中，已經完成六個了。剩下的1、8、9三個數字，是不是在妳的心中早有定見，胸有成竹了呢？」進三邊嚼著柿子薄片邊假裝不經意地問起，其實根本就想聽麗子的解說想得不得了。

「之前都是先有女性人物，從她的數字，去找到符合的畫作。接下來，可能要從數字和對應的畫作，去找到現實生活中合適的女性人選來分析，才能完成這項作業。我正在思考，對照數字8的世界名畫已經有了，可是，適用這種人格特質和生命經驗的女性，應該是哪一位呢？」麗子邊聞著東方美人茶的香氣，邊思索著老公的提問。

「人選還沒確定，那就先跟我講解數字8和畫作的關係也可以！說不定我聽了之後能夠提供一些人物參考呢。」

「嗯。先從數字8的特性說起。數字8的人，就是一位交換者，一位掌控者。從物質的交換、金錢的交換到各種有形與無形利益的交換；從資源的掌控、權力的掌控，到所有具體和抽象事物的掌控。她的生命課題，是學會如何從物慾到知足、從貪婪到圓滿。低階的8，愛慕虛榮又有強烈的控制慾，喜歡虛張聲勢，容易沉溺於投機博弈的遊戲中。滿身的銅臭，只想著追求財富權勢，自我膨脹又愛裝門面、要氣派，什麼心靈層次的東西都毫不在乎。中階的8，開始有點長進，會察言觀色、評估風險，懂得愼思熟慮。雖然有時還是會出現一臉賊兮兮的樣子，但多數時候是理性穩定、足智多謀、會謀定而後動的。高階的8，就很厲害了，擁有收放自如的靈活策略和經營管理的膽識能力，形成具有大格局的政治家風範。而且，能夠讓願力成眞，心想事成，把內心的虛象在眞實的環境中具象化、實體化。至於進化到終極境界的8，就是先知了。對未來的預測神準，加上對自我慾望的控制得宜，讓人生能夠因此而豐盛富足、成就圓滿。不只自己有錢，也讓大家都賺錢。不只自己過得好，也讓大家過得好。總的來說，數字8的人，如果墮落的話，就是黑心商人，用飼料榨油給人吃的就是這種人。如果自我提升到一定的程度，數字8的人有機會從一個政客進步到成爲一位政治家。因爲8，就是兩個0連結在一起的圖形，是一個無限的迴圈，又是一個在其中流動傳遞不已的路徑。所以數字8基本上就是物質世界的掌控者，可以運作無窮無盡的資源，又擅長讓所有的利益在其中相互輸送。」麗子一口氣清楚詮釋了數字8的人格特質和生命能量的展現方式。

「這麼說，數字8的人，就是利益交換體系中的核心人物囉。歷史上有這類女性典型人物，又適合作爲畫作主角呈現出來的嗎？」進三的提問的確點到重點，要在浩瀚的繪畫作品中找到恰好符合數字意義的那幅，眞不是件容易的事。

「這可難不倒我。和數字8的女性最契合的畫，非彼得・保羅・魯本斯（Peter Paul Rubens）所創作的《瑪麗・德・麥迪奇登陸馬賽》莫屬了。」

「魯本斯？好像有聽過，還是請大師開示解惑吧！爲什麼在這麼多畫家這麼多作品中，就這幅畫最能代表數字8的女性呢？」

「先從畫作的作者講起。魯本斯是一五七七年至一六四〇年間生活於法蘭德斯，也就是現今比利時、荷蘭以及法國北部一帶的人。在藝術史上，他留下了大約兩千件作品，以繪畫創造出了燦然光輝的一頁。除了藝術家身分外，他同時也是一位活躍成功的外交官。這位被同時代人們讚譽爲『王之畫家的畫家之王』的不出世天才，描繪的女性總是這樣的：開朗幸福的表情、圓潤的瞳眸、閃耀的金髮、柔嫩的桃色肌膚、與羞恥感無緣的奔放姿態，再加上，充滿重量感的脂肪。當時有一位鄰國友人誠惶誠恐地向他建言：稍稍減一些些肉，畫起來不是比較好看嗎？魯本斯聽了立刻回答說：法國女人吃的飼料不一樣！」麗子說道。

「哈哈哈！這位大畫家要是活在現代，早就被法國女人釘在十字架上了。那麼，這幅畫的主題在描寫什麼呢？」

「我們都知道，在文藝復興時期，大本營位於佛羅倫斯的麥迪奇家族，他們的政商資源，已經不是用富可敵國可以比擬的。麥迪奇家族的權勢財富，是跨越國界、凌駕國家之上的。當時幾乎整個歐洲的銀行金融貨幣匯兌交易，全都操控在這一家族手中，也幾乎全歐洲大大小小的王國、公國、諸侯國，都免不了要向麥迪奇家族伸手借錢周轉開支。他們是文藝創作最熱心的贊助支持者，可以斷言，如果沒有麥迪奇家族的資助，文藝復興就不會誕生這麼偉大的藝術成就。」

「麥迪奇家族對文藝復興的貢獻是舉世公認的，魯本斯這幅作品中的主角：瑪麗・德・麥迪奇，應該是麥迪奇家族的重要成員吧！她爲什麼要登陸馬賽呢？千金小姐幹嘛跑到法國呢？」進三問道。

「這幅油畫完成於一六二二到一六二五年之間，描繪的是當時法國波旁王朝的開國君主亨利四世，因爲手頭拮据國庫匱乏，於是把腦筋動到麥迪奇家族頭上，決定用再婚來替國家（其實是替自己）募款，就跑去跟麥迪奇家的女兒提親。一邊想著金錢、一邊想著權力，這樣的政商聯姻在歷史上絕非罕見。問題是，這是麥迪奇家族嫁女兒耶，對象又是現任法國國王，陪嫁的資產可不能隨隨便便，當時單單帶過來的現金，就達到了法國全國年度總體預算的規模。這樁婚事，是那個時代轟動全歐洲、萬眾矚目的一等一大事。陪著瑪麗嫁到法國來的隨從侍者高達數千人，搭乘了十八艘大型帆船，出嫁的陣仗可眞是浩浩蕩蕩。魯本斯的這幅畫，呈現的就是瑪麗的婚嫁船隊抵達法國馬賽的那一刻。然而，這樣的金權背景，這樣的盛大場面，這樣的歷史時刻，究竟要怎麼構圖，才能將背後所有的意義充分地表現出來，這對於創作者而言，可眞是一大挑戰。倘若只是如實地描寫場景，不管畫得多麼浩大豪華，都不過是一種巴洛克歌劇式的壯觀華麗而已，都不足以突顯出足夠的尊榮。」

「那怎麼辦？這對任何創作者而言，都是超高難度的考驗。」

「這就是魯本斯偉大的地方，作爲一位構想力卓越無比的畫家，這幅畫，可以稱之爲魔幻寫實主義之前的魔幻寫實作品。他運用豐富的想像力，將魔幻虛擬的神話世界題材，導入到現實的場景中，和主題要素相互結合，在神奇與世俗的交融之間，本來只是世間人類行爲活動之一的瑪麗出嫁，從單純平凡的俗世婚姻，一躍變身爲神格化的宇宙神聖事蹟，從這個創作角度，去塑造眾人眼中此一歷史事件的超越性意義。你說，是不是很高明呢？」

「何止高明，這種做法當成吹捧工夫也眞是深入人心到最高點了，難怪王室皇族會對魯本斯鍾愛寵信萬分。」進三由衷地感嘆。「那麼，有哪些神話世界的人物進到畫中一同禮讚慶賀呢？」

「畫面中最醒目顯眼的就是兩個稱爲寧芙（Nymph）的海中女性精靈，她們全身赤裸，肉滋滋的，卻又充滿了魅力。因爲是乘船渡海而來的，所以持著三叉戟的海神波塞頓（Poseidon），以及大海的號手、吹著海螺的崔桐（Triton），占滿了整幅畫的下半部空間。畫作的上端，則有展開雙翼鳴奏著長長喇叭的擬人像，在空中飛舞，象徵名聲悠揚遠大。海上空中普天同慶的意象營造得如此鮮明，陸地呢？瑪麗這位新娘被侍者圍繞著，面向走過鋪著紅毯的棧橋前來迎接的兩位法國使者。使者屈膝彎腰，恭敬地注視瑪麗，然而，瑪麗的目光，卻看向遠方。大小姐的視線，是不屑落在使者身上的，他們不配！即使男使者身上藍色斗篷印著百合紋章代表了『法蘭西』，女使者身上衣裝的城堡圖飾象徵了『馬賽』，畫家以這樣的意象來表示法國和馬賽對瑪麗的歡迎，但，瑪麗究竟是看不入眼的，他們不配！如此一來，在神和人，海陸空三方的烘托陪襯下，瑪麗的尊榮地位就明白地確立鞏固了。」

「厲害厲害！這麼一來，麥迪奇家族對魯本斯應該就更爲讚賞有加了吧！」進三的厲害，指的不知是魯本斯的繪畫還是麗子的解讀。

「可是魯本斯再怎麼說也是法國人，有著法國人天生的驕傲和自負，所以在這幅畫上，他開了一個很大的玩笑。」

「玩笑？在哪裡？」

「你看，這整個畫面，一下是精靈，一下是神人，一下是使者，無所不用其極地突顯了瑪麗的身分地位，結果，本來應該是主角的瑪麗，占的比例分量剩下一點點，主題人物反而淪爲配角了。這不是很諷刺嗎？」麗子一指點出來，果然如此。

「對喔，太有趣了！聰明的魯本斯肯定不是不小心的，這樣的構圖早在他的算計之中。足以和這麼好玩的畫作以及數字8相互對應的女性人物，不知道在哪裡呢？」

「我想到是誰了！明天我們不是要陪凡一去北野天滿宮參拜嗎，找松田家的小姑娘一起去，到時候你就知道了。」麗子開心地賣了一個關子，留下滿腹疑惑的進三，打電話約葵去了。

北野天滿宮，是奉祀日本學問之神菅原道眞的全國天滿宮總本社，神社境內還遺留著傳說是菅原道眞親手栽種的梅花和楓樹。歷經四百多年，如今，這裡已經成爲京都秋季賞楓的名所，兩百五十株左右的層層楓紅裡，清秀的紙屋川潺潺流過，隱現在其中的本殿是豐臣秀吉的兒子兼繼承者秀賴所建造的桃山形式建築，早已被指定爲國寶。對關西地區甚至全國各地應考的學子而言，這兒是祈願考試合格的聖地。凡一和葵都要參加大學推甄，雖然，京都的神社一大堆，松田家又是上賀茂神社宮司的後裔，兩人都認爲要祈求考運，還是必須來北野天滿宮才夠「專業」。走過神社入口處，穿越掛著由菅原道眞題詞寫著「文道大祖．風月本主」匾額的巨大櫻門之後，入眼即是滿山滿谷的楓紅。一行人漫步其中，進三說道：「紅葉不只是顏色，聲音也很美。從前的日本人，是從風，去得知秋天到訪的。秋風搖曳楓樹的聲音，腳步踩踏飄落在地上楓葉的聲音，都是增添秋季風情的紅葉魅力。」

若說凡一和葵是爲了祈願考試順利，進三是爲了欣賞紅葉的音色風華，那麼麗子來到北野天滿宮最主要的目的，應該是爲了「澤屋」的栗餅吧！位於北野天滿宮大鳥居對面的這家「栗餅所．

澤屋」已經有四百年以上歷史。傳到現在九十三歲的老阿公是第十二代傳人，和第十三代的兒子、第十四代的孫子，共同守護家業，每天同堂三代一起遵循古法，以手工揉出一顆顆吃得出栗子原味的傳統點心。這種依然活著的百年文化，應該還會一代接一代的傳承下去吧。

在這家名爲「紅葉苑」的喫茶處，一行人喝茶、吃栗餅、看楓葉，賞心又悅目。麗子開口問起葵：「小葵，妳待在巴西的時候，應該就是現在這位羅塞芙（Dilma Rousseff）女士擔任總統吧！不久前我在大阪舉辦的『女性達沃斯會議』上和她認識，我們剛好擔任同一個分組討論的共同主持人。羅塞芙總統非常熱情，平易近人，很有女中豪傑的架式。一直邀我去巴西玩，還說要安排我入住亞馬遜河雨林裡的五星級樹屋。我想問妳一般巴西老百姓對這位女性總統有什麼看法？」

「阿姨，我的感覺和妳差不多。我是二〇一〇年到巴西的，記得在叔叔的牧場農莊工作的那些農人工人，大家都很喜歡她，說她是好人，會幫助窮苦弱勢的人。比較不喜歡羅塞芙總統的好像都是都市裡的人，像是我們學校的老師和叔叔超市的經理，我就聽過他們批評她，不過批評什麼我也聽不太懂，大概就是說稅收太高，政府亂花錢什麼的。」葵說。一份三個的栗餅，兩個是紅豆包栗子餡丸子，一個是栗子餅皮無餡捏成餃子形，她已經吃了兩份了。

「妳回日本之後，還有和巴西的同學朋友聯絡嗎？最近聖保羅和里約熱內盧是不是經常有示威抗議，妳有聽說嗎？」

「有啊！我天天都會用臉書和同學聯絡，順便練習葡萄牙文，才不會忘掉。前陣子，他們說爲了抗議公車票漲價，示威遊行的人把市區公車燒掉了一大半。結果車子燒光了，沒車可搭，大家只好走路上班上課，反而更慘。我也聽說，最近經濟好像很不好，許多巴西年輕人畢業以後找不到工作，乾脆天天去示威，抗議的對象都是羅塞芙總統，叫她下台。」葵喝了一口茶，繼續說道：「不過我覺得，巴西人抗議歸抗議，回家以後還是看足球跳騷莎，只要生活過得去，不會變成像非洲或中亞那樣革命暴動的。畢竟，那是個天然資源得天獨厚的國家。將近八百五十五萬平方公里的土地上，人口才二·四億，物產又那麼豐富。」葵雖然年紀小又是女生，對事情卻頗有見地，可見觀察與思考能力，經常與年齡性別無關。

「巴西這個國家和人民眞的很特別。現在的巴西人，是由葡萄牙的歐洲殖民者後裔、以前被誤稱爲印第安人的南美洲原住民，再加上從非洲被運來的奴隸後代，共同組合而成的。歐洲殖民者到巴西種植葡萄、甘蔗以及菸葉，大量生產用葡萄、甘蔗製造的烈酒，和加上糖蜜的劣質菸草，作爲交易換取奴隸的物品。根據歷史學家估計，一七〇〇到一八三〇年間，從盧安達和安哥拉賣到巴西的奴隸有一百六十萬名，其中，將近三成就是用巴西蘭姆酒抵價交換來的。巴西的烈酒很強，非洲人喝上癮之後，喝了還想再喝。於是歐洲人利用非洲奴隸種植作物、製酒、交換奴隸、種更多作物、製更多酒、交換更多奴隸，變成十八到十九世紀一百多年之間巴西和非洲不斷惡性循環的奴隸經濟模式。」這段話，是凡一說的。世界各種民族的變遷演進，一直是他喜歡研讀的課題。

「你說的雖然沒錯，可是許多巴西人不知道，甚至不願意去回顧以往悲慘的歷史。他們自有一套生活的哲學，不只是樂天知命或馬馬虎虎那麼膚淺而已。在看似隨便的表面之下，他們也是有著認眞和堅持的地方。」葵說道，同時也對凡一的歷史知識頗爲佩服。

「對耶！就以二〇一四世界盃足球賽爲例好了，直到比賽開始前一個月，還有一半以上的場地施工尚未完成，國際足總派人勘查之後近乎絕望，全世界球迷都想說這下糟糕了，到時候怎麼比賽。再加上，賽前一個星期全國都還在大規模罷工示威抗議，控訴羅塞芙總統只要足球，不管民生，只辦比賽，不顧教育。結果，長達一個月的賽事順利地舉行，從頭到尾不但沒出任何大問題，開場、閉幕的儀式和演出更是精采熱鬧，眞不知道巴西是怎麼做到的。」身爲重度足球迷的進三對巴西舉辦世界盃的能耐，至今仍覺得匪夷所思。

「二〇一六年的奧運也在巴西舉行。同一位總統在八年任期內連續舉辦世界盃足球賽和奧運會，羅塞芙總統創下的這項紀錄，雖不一定絕後，但至少是空前的。我的了解是，她所屬的政黨是比較左傾的工人黨。在她就任之前，同黨的魯拉總統（Luiz Inácio Lula da Silva）任內，被譽爲新興國家經濟發展的典範。一方面引進外資，促進高度經濟成長，另一方面致力於消滅貧窮，讓貧困人口從二〇〇三年占28%降到二〇一〇年只剩16%。羅塞芙在二〇〇三到二〇一〇之間擔任巴西國家石油公司的總裁，二〇一〇年之後接替魯拉參選總統。世界盃足球賽期間，巴西各大城市天天有人對她示威抗議，加上身爲地主國巴西竟然被德國痛宰沒能將冠軍金盃留下來，很多政治觀察家以爲她完蛋了，政治生命會斷送。沒想到，二〇一四年底大選，她又輕輕鬆鬆地連任成功，如今是第二個四年任期的第一年。不過這一年來，巴西的經濟的確衰退得很快，是一九九六年以來最嚴重的：汽車產量減少了45%，連續十三度升息，利率飆到近13%，巴西貨幣里爾卻貶到十年來最低，通貨膨脹和失業率則是雙雙創下新高。而且，巴西政府的債務是南美洲國家中最高的，占了經濟產值比重的100%。這些經濟上的挫折，造成許多人將矛頭對準羅塞芙總統，認爲是她的錯誤造成的，要求她負起責任。」麗子說道。

「這些問題，眞的都是羅塞芙總統的過錯嗎？」葵問道。

「我一向認爲，任何失敗或崩潰瓦解，肇因都是綜合性的、複雜性的、系統性的，有著制度面的不良因素，也有著人爲決策的錯誤判斷，或許，再加上一些人性中的負面黑暗。巴西是世界第

七、拉丁美洲最大的經濟體，可是她的經濟模式卻傾向中央集權，這和表面上的自由開放形象很不一致。中央集權的經濟，往往會傷害到企業的競爭力。比如說，巴西政府的魔手伸進卡車製造業，要求每一部車整體的價值和重量，都要有60%是本國製造，這種政策，會嚴重影響汽車工業的國際競爭力，妨礙建立有效利用國際分工的產業鏈。可是，早期在叢林裡打游擊搞革命，後來在大型國營企業擔任高層領導的羅塞芙，可能並不很理解打破壟斷獨占、開放自由競爭才能促進市場效率的重要性。

又例如，巴西公務體系的沉痾也是一大負擔。很荒謬喔，巴西首都巴西利亞地方法院的書記官，年薪是二十二萬六千美元，比巴西最高法院首席大法官還高；聖保羅市公路局的工程師，年薪二十六萬三千美元，比羅塞芙總統的年薪十七萬四千美元還高。而巴西國民的每年平均所得，才不過一萬一千美元而已。低階公務員領超高薪水，政府高層薪水反而低，沒關係，另有收入來源。前任總統魯拉在任內就被控訴，每個月固定以公款賄賂收買國會議員，被告名單從總統府祕書長、工人黨領導幹部、銀行家到企業領袖，長長一大串。羅塞芙第一個任期上任不到一年，就有七位部長級官員因為貪汙醜聞下台。最近她也被查出來，擔任巴西石油總裁期間，挪用國營事業的資金，補助自己的政黨從事選舉。在檢察官對此展開調查的同時，引發了各界要求彈劾總統的聲浪。」麗子只要用心，對任何國家的情勢狀況都能迅速深入地掌握，這不只是長於解析大量資料，也和她在外務省以及國際間擁有充沛人脈有關。

「這麼說來，巴西的政治經濟關係網絡，簡直就是一個龐大無比的金權交易體系嘛！」進三說道。

「可以想像，以羅塞芙這樣一位女性，能夠在大型國營事業中一路扶搖直上，當上控制壟斷國家能源供輸的龍頭寶座，這需要多麼強烈的名利慾望動機，又需要多麼超群的意志、手腕、才幹與謀略才行！再者，操作手上擁有的國營事業資源，作爲私人的政治資本，供輸給所屬政黨從事政治活動，成爲自己的政治投資。長期的利益交換累積下來，竟然讓她攀上國家元首的高峰，還順利連任。這樣的本領與成就，絕對不是平庸之輩能夠達成的。我認爲，在金權交易的另一面，羅塞芙應該也具備了慷慨熱心、樂善好施、濟弱扶貧、關懷弱勢的性格才是。」麗子一反一般人對政治人物的刻板印象，她總是從更爲人性的立場觀點出發，對每一個眞實的「人」進行分析。

「這樣的羅塞芙總統，不就是麗子大師昨天分析的數字8性格特質，以及魯本斯畫作的最佳寫照嗎？眞是太貼切了、太契合了。原來妳早就鎖定羅塞芙爲目標，難怪今天會找小葵來看楓葉吃栗餅，就是要印證妳的推斷。」

「是的，羅塞芙就是一位數字8的女性，她的主命數是26／8。這位數字8的女性總統，具備了8的成功三要素：愛賺錢但不貪心、厚植人脈關係、投射正面意願。所以，她能夠擺脫原本那些愛慕虛榮、誇張炫耀、自我膨脹、滿身銅臭的不良習氣。養成了即使是收買人心也讓眾人心悅誠服的能耐，在體察民意趨勢走向的敏銳感應中，塑造出受大家喜愛接納的政治家風格。她能夠將交換行爲的價值最大化，把交易的利益功能發揮到最極致，和她交換交易的人都獲益，但是到最後，最大的得利者是她自己。這樣的人物，眞是一位天生的權謀家、掌權者，正是數字8的典範。」麗子相當肯定地論斷。

「阿姨，那羅塞芙總統會被追訴或彈劾下台嗎？」葵問道，看來，她對於這位巴西女總統的確抱有相當程度的好感。

「不是沒有可能。數字8有一個特質就是忍辱負重、捲土重來。會在忍受多次失敗之後，等待能量聚足、力量充實，再奮然而起，獲得最後的成功。她背後的金權交易體系，也就是我們看到檯面上的巴西執政聯盟，如果傾向於讓她留在總統的位子上，替疲弱的經濟揹黑鍋，並且幫石油公司時期的醜聞弊案以及朝野政黨人人有份的醜聞弊案擋子彈，那麼，在利益均霑的資源分配邏輯上，有人當替死鬼又幫大家賺大錢，這種『人才』不容易找啊！把她換掉，恐怕沒有更好的人選了。但是，如果政治競爭對手不惜破壞遊戲規則，企圖取而代之成爲利益的最終分配者，那麼，羅塞芙將會陷入很大的危機之中。不過這麼一來，受到更大傷害的恐怕是巴西這個國家和她貧苦的人民吧。可以預期的是，她和國會的歧見衝突將日益加深，街頭還會爆發更多規模更大的示威抗議活動，這些，都是羅塞芙總統在剩下的任期之內必須去面對的。就好像魯本斯畫筆之下的瑪麗·德·麥迪奇一樣，登陸馬賽之後，不是天下太平，而是一連串宮廷內鬥以及國際紛爭的開始。幸好，和瑪麗一樣，數字8的羅塞芙，在權力鬥爭的遊戲上，可是一等一的高手呢！別忘了，她是左派游擊隊出身的，就算被彈劾下台了，了不起就是再搞一次革命嘛！」麗子做成了結論，又說道：「我決定了，不管羅塞芙的任期還有多長，我都要應她的邀請到巴西去一趟，一方面住住看五星級的樹屋是什麼感覺，一方面也可以和這位女中豪傑做個朋友。小葵，到時候妳就和我一起去，當嚮導兼翻譯吧！」

「好啊，一定喔。」葵開心地和麗子約定。

「我也要去！」進三和凡一不約而同地立即報名參加。

「太陽下山，肚子餓了。附近的今出川通有一家巴西窯烤餐廳，我訂好位了，我們去預先適應巴西美食吧！」麗子運籌帷幄，一切都在她的安排之中。

族。

「太棒了！好久沒吃巴西烤牛肉了！」最興奮的是葵，看來這位青春美少女，也是愛吃好吃一族。

（寫於二〇一五年十月二十四日星期六）

數字

9的女人

歐普拉

OPRAH WINFREY

《吶喊》
孟克，繪於 1893 年

作爲岩崎家世代相傳的彩虹數字祕學繼承者，麗子和她的先祖們有著很大的不同。過去的岩崎家族，將彩虹數字學視爲不傳之祕，僅限運用在振興家業、延續家族的昌旺繁榮。現在的麗子，則是將這一套生命解碼的系統方法施展於利益眾生，協助更多人理解自己生命的課題，把握生命的意義，從而跳脫生命的困境。麗子提供幫助的對象，不分貧富貴賤階級身分，端看是否有緣。多年以來，在諮商者的選擇上，她爲自己立下了一條始終奉行的原則：只要是尚未成年的孩子，排除萬難也要予以協助。在麗子心中，孩子永遠是人類的希望，所以永遠是等待她進行數字諮商的排隊名單裡最優先的人選。這些孩子，因著麗子的諮商輔導從此開展了令人驚奇的人生，而這些人生的驚奇所伴隨的成長與美好，也回饋予麗子莫大的欣慰和幸福。宮本・雅莉安娜，這位目前才二十一歲的孩子，就是其中一位。

二〇一五年三月，日本環球小姐選拔，取得代表日本參加世界環球小姐選美比賽資格的優勝者，竟然是一位膚色近乎全黑的日美混血兒。在外表上，徹底打破了日本女性既定的形象，講直白一點，就是一個黑人。這項結果發表後，引起日本社會很大的迴響。沒人敢在公開場合公然否定或批評，怕招來譴責歧視的反彈。但是，網路上各種因爲無須具名就以爲可以不負責任，但同時也因爲擺脫僞善而說出眞心話的言論中，各式各樣的毀謗中傷惡意批判則是鋪天漫地紛湧而出。這位日本環球小姐，雅莉安娜，正是麗子長期以來提供諮商輔導的學生。

雅莉安娜的父親是非裔美國人，母親是日本人。她出生於長崎的佐世保，這個港口，是遠東最大的日美聯合海軍基地。在佐世保街道上，駐日美軍昂首闊步，連公園裡的標示牌都是英日雙語的，可說是一個美國人和日本人共同生活的地方，完全感受不到一般的日本城市氣氛，反而比較像外國。但是，即使生長在這樣的城市，因爲美、日兩國人的居住區域還是分開的，所以雅莉安娜的外貌，身處於日本人的生活環境中，依然十分令人側目。她跟麗子說，第一次感覺自己和周遭的人不同，是幼稚園的時候。從幼稚園起，只要遇見新認識的朋友，一定會被問：「妳是從哪裡來的？」可是，「我明明就生在日本，和大家是講著一模一樣日本話的日本人啊！」第一次接受麗子諮商時，十五歲的雅莉安娜這麼說。那時候的她，不只說話是道地純正的九州腔，連舉止、神態、動作、氣質，甚至眼睛怎麼看人，都非常地日本，而且是那種傳統的、優雅的、古典的日本女性的味道。如此，讓雅莉安娜呈現出一種十分奇妙的形態，好像是一個典雅的日本女性靈魂結合在一副黑色皮膚非裔美少女骨架軀體之中的樣子。十五歲的雅莉安娜就已經出落得非常美了。

對於這位不知道自己是誰，沒有辦法融入周遭環境和群體，因而痛苦不堪的奇特少女，麗子沒有給她答案，只告訴她美聲歌姬瑪麗亞·凱莉的故事。凱莉也是雙親一黑一白的混血兒，從小就受到「妳到底是黑人還是白人？」的質疑。對這樣的判別歧視，凱莉的回應總是：「都不是！我就是我！」慢慢地，在和麗子諮商的互動過程中，雅莉安娜從原來極端討厭自己一身黑皮膚，逐漸地走出身為混血兒的自卑情結。在獲選為環球小姐之後，看見那麼多躲也躲不掉的惡意中傷：「幹嘛選個黑人？」「不適合代表日本！」之類的批判聲浪，雅莉安娜反而將這樣的處境，當作是讓自己非得去面對自我認同問題不可的機會。本來，她壓根也沒想到要參加選美比賽，促使她參賽的動機，來自於二〇一四年一位同樣也是混血兒的朋友輕生了，理由是「覺得沒有自己的容身之處」。抱著這種由偏見和歧視所造成的悲劇不能再發生的想法，雅莉安娜決定參與選美，希望從她開始，日本能夠成為一個對混血兒不再有任何特殊對待、毫無區別的社會。正在準備世界環球小姐選拔的雅莉安娜，參賽的競爭策略是麗子送給她的一句座右銘：「呈現毫不裝飾的自己！」她說：為了比賽，行動受限，好無聊，都不能去騎車。她的興趣是騎重機，已經跟麗子宣告：比賽結束後，要買一台哈雷去環遊全日本！

雅莉安娜的故事感動了許多人，媒體的採訪邀約紛沓而來，不只日本，連美國最具影響力的電視節目：歐普拉（Oprah Winfrey）脫口秀都找上她，準備製作一集專輯。美國電視台製作節目態度非常嚴謹，更何況歐普拉的節目，每次收看的觀眾人數至少超過四千萬人，擁有超高收視率就等於擁有近乎無限的製作經費和資源，可以對每一集節目內容進行最完整的資訊蒐集和前置作業。近半年來爲了籌備雅莉安娜的節目主題，讓歐普拉覺得這樣一個令人驚奇的小女孩，她的勇氣，她的抉擇，受到麗子數字諮商的影響與鼓舞，是一件很不可思議的事情，竟然不惜勞師動眾，親自跑來日本找麗子要了解彩虹數字到底有多神奇。

世間的事情就是這麼巧妙而曲折，本來只是協助一個住在九州的混血小女孩，竟然演變成美國脫口秀天后跑來要求諮商。不過，對麗子而言，十五歲籍籍無名的雅莉安娜也好，乘著私人飛機前來的歐普拉也好，在她眼中，都是一樣的，沒有分別。

爲了製作節目，或者說爲了深入理解節目中的人物，歐普拉這位曾獲選《時代》雜誌百大最有影響力人物，也被《富比世》雜誌評比爲全世界最有影響力的人，會親自參與所有必須的活動及過程，看似不可思議，其實正是她得以成功的重要因素。二〇一三年，歐普拉出乎眾人意料地出席了哈佛大學的畢業典禮，大家都對這位媒體天后不請自來嘖嘖稱奇。其實，她是爲了一位應屆畢業生而來的。二〇〇九年十月五日當天，歐普拉脫口秀的來賓，是一個名叫哈潔絲的高中女生。這個女孩，從小學到高中畢業，總共換了十二所學校。因爲，她沒有家，沒有家庭也沒有親人，從小就無家可歸，她是 homeless，而且是從小就 homeless，每天晚上只能躲在沃爾瑪（Walmart）或平價超市裡，睡在裡面，依靠撿拾東西過活。可是哈潔絲愛讀書，也愛上學。每天早上去學校以前，她就在大賣場的洗手間將自己洗乾淨。「不然，我身上的臭味會讓同學聞到。」哈潔絲在現場直播的節目上說到這裡，歐普拉放聲大哭！愛上學的哈潔絲到處流浪，但是沒有中斷學業，不管換到哪個學校，她都是名列前茅的資優生，功課好到可以申請到哈佛的入學許可。當然，她不可能念得起。大哭之後的歐普拉，決定全額資助哈潔絲完成哈佛大學的學業。毫無疑問地，她是最有資格分享哈潔絲畢業榮耀和喜悅的人。就是爲了這個住在大賣場爲生的女孩，她現身哈佛的畢業典禮會場。

每週播出一次的歐普拉脫口秀，之所以能夠打動千千萬萬的觀眾，仰賴的不是名人巨星，不是八卦內幕。節目的來賓，經常是沒沒無聞的凡人。但是，這些無名凡人的身上，卻有著感動人心的驚奇人生。這些感動，透過歐普拉節目呈現和匯聚，形成一股龐大的正面能量，往往不但能改變節目來賓的命運，甚至能成爲改變世界的動力。二〇〇四年，一位年僅十歲的小女孩諾拉早晨出門上學途中，遇見一個伸手乞討的流浪漢，諾拉覺得流浪漢好可憐，可是身上沒有錢可以給他。這件事，一直在諾拉心裡揮之不去。終於有一天，諾拉跟爸爸葛雷翰說：「爸爸，你每天回家身上的零錢銅板可以給我嗎？」諾拉和爸爸一起制定了一個計畫：把每天的零錢存下來，只要累積到一千元就拿去幫助一個不認識的人。諾拉的計畫，由自己家裡開始，慢慢地，從居住的社區到整個小鎮，家家戶戶都準備了「千元零錢筒」，做著和諾拉一樣幫助陌生人的事。當小女孩諾拉在歐普拉的節目上說到這裡，歐普拉也是放聲大哭！她立即在現場節目中發動募款，當天晚上，捐款如潮水般湧進，一夜之間就募了三百萬美元。以這筆錢爲基礎，歐普拉成立了一個「天使網路基金」，以「幫助小朋友圓夢」作爲唯一宗旨。如今這一基金，每年都資助廣及二十幾個國家多達數千名孩子去實現他們人生的夢想。之所以叫作「天使基金」，不但因爲要幫助的對象：孩子是天使，更爲了提醒眾人，多去重視、珍惜像諾拉這樣的孩子，他們正是你我身邊的天使。

「昨天幫歐普拉算彩虹數字，結果怎麼樣？她信服嗎？」進三已經迫不及待要知道狀況如何了。

「應該讓她滿震撼的吧。一開始她抱著質疑的態度，提出許多在理性層面上算是很尖銳的問題。我先花了一些時間解釋彩虹數字不是占卜命理，不同於星相學，也不是統計學，是一門以數字作爲宇宙運行基礎的解碼系統理論，不但反對宿命說，更強調必須藉由自由意志實現生命的意義。她愈聽愈覺得有道理，等到我實地爲她算出數字，說沒幾句話，她就嚇到了。到後來，當然是佩服不已囉。」

「怎麼說？她有像在節目中那樣誇張地大哭嗎？」進三追問。

「哭得可厲害了。原來歐普拉在節目裡大哭，不是爲了收視率故意做效果，那是她的眞情流露。即使昨天只是我們兩個人的私人場合，她的哭法完全沒變，和在電視上完全一樣。」

「爲什麼哭？一定是妳雖然和她素不相識，卻才第一次見面就說出了她心底深處不爲人知的祕密，或許是傷痛，或許是珍貴的記憶。不管如何，那一定是她生命中的核心原點。」進三是榮格學派的心理學專家，對於人格意識和情緒有深入的理解。

「歐普拉這位媒體天后，現今的地位如日中天，不可一世，不但每年捐助大筆經費給學校，並且促成通過了以保護兒童爲目的的『歐普拉法案』。對於公益活動，她的貢獻無與倫比。在傳播事業上，她也創造了非凡的成就。早在一九九八年就獲得艾美獎終身成就獎。不但很早就攀上了頂峰，而且幾十年來都還持續維持在巔峰狀態，眞是很了不起。在擔任脫口秀節目主持人之前，她原來是新聞主播。在被挖角到芝加哥的全美聯播新聞網之前，是在巴爾的摩一家地方小電視台播報新聞，那是她大學畢業後的第一份工作。大眾對歐普拉的了解，僅止於知道她早年生活貧困，自力更生，奮發向上而已。一開始解析她的數字，我就說：妳給人樂善好施，熱心助人的形象，除了妳的善良之外，另一大半的原因是，妳不懂得怎麼拒絕別人，對不對？她說：對！我說：妳不會拒絕別人，即使明明滿心不願意卻還答應人家，其實是因爲妳心裡一直企圖討好別人，對不對？她說：

對！當我繼續說到：妳害怕因爲拒絕而讓別人認清眞正的妳甚至否定妳，內心深處的原因是，妳的童年曾受到虐待，對不對？說到這裡，她就放聲大哭了。這些現象，透過彩虹數字，一目了然。」麗子說道。

「有受虐遭遇的人，會難以建立人際關係的界限，因爲如果童年時期個人界限受到暴力侵犯，就沒辦法產生足夠的勇氣去阻止別人踐踏，造成令人予取予求的性格。」進三作爲在臨床上也有著豐富經驗的心理學家，爲麗子的解析提供了學理上的支持依據。不過，心理學必須透過很多測試及訪談才能做出判斷，不像彩虹數字，往往在瞬息之間就將人的全貌看得一清二楚。

「歐普拉就是這樣。爲了滿足每個人的要求，她必須付出能力所及的一切，把自己搞得精疲力盡。可是，這些替別人做的事，卻不見得是眞心的。直到四十歲之後，她才終於學會人生中最難的一個字：拒絕。她開始要求自己，如果不是發自內心，如果沒有足夠感動，就不要再爲任何人做任何事。如此一來，她所做的每一件事，都是百分之百充滿著『我願意』的心情，於是能夠全心全意，於是可以全力以赴，所以才能獲得那麼巨大的成功。因爲，她已經不需要再透過允諾別人來證明自己，反而才可以忠於自己而活出自己。也因爲如此，她才能夠在鏡頭前和私下場合都無需保留地顯現眞性情。本來我一直在煩惱，數字9的典型人物還沒著落，沒想到歐普拉就自己送上門來。

她就是數字9的女性，而這也正是19/10/1七級靈魂的使命。」麗子說道。

「數字9的人，有著怎樣的性格特徵呢？」

「數字9的能量展現方式就是夢想。這種人的生命課題是從迷戀到智慧，從放縱到布施，從醉生夢死到知行合一。這是一個和靈性很有關聯的數字，有9的人，往往不是和宗教結緣，就是走向空無，身上很容易發生一些難以解釋的神祕經驗。低階的9，腦袋空空，整天發呆、幻想，會瘋狂愛上虛幻的人事物，過度崇拜偶像，是追星族的最大人力資源庫。不但懶惰愛睡覺，又有強烈的放縱、沉溺傾向，往往會深陷毒品性愛菸酒電玩等讓人上癮的東西中。會暴飲暴食的就是這種人，整天活在白日夢裡。中階的9，開始從虛幻中覺醒，會知行合一地去實踐，學習如何彌補想像和現實之間的巨大落差，人生開始走向眞實。高階的9，會將求知得到的博學，化爲自身的智慧。這種智慧，是超越理性層次的知識，比較趨近於從靈性層次而來的，具有很高的高度和很深的深度，而在高深智慧下，就會懂得無我捨得的眞諦，於是能夠無所求的布施眾生，利益他人。至於達到終極境界的9，就具備了美夢成眞的超能力，可以自己創造一個夢，然後像神一樣，讓它具體化，讓它成形然後實現。總體來說，數字9的人從低階到高階，都脫離不了『夢』這個主軸，從白日夢到孵夢者，從夢想家到美夢成眞，這就是數字9的人一生的功課。」麗子說道。

「聽起來似乎很符合歐普拉在做的事情。」進三一邊體會數字9的意義，一邊思索著歐普拉的行爲事蹟。

「歐普拉的每一個節目，都在創造一個又一個爲人圓夢的經驗。有機會被她節目找上的人，幾乎就等於得到美夢成眞的保證。歐普拉的公益事業，也是在扶助夢想起飛的精神下推動運作的，像天使網路基金，就是以替孩子實現夢想爲目標。透過這樣的過程，歐普拉這位數字9的女性，在爲別人圓夢的同時，她自己的夢也才得以成就，那就是她的無我捨得，布施眾生。在她的身上，數字9的成功三要素是歷歷分明地被實現的：不放縱自我，有捨才有得，在行動中構築夢想，她都做到了。而且，她的確選擇了數字9的人最適宜發揮潛能的生涯道路。」麗子說道。

「怎麼說呢？什麼是最適合數字9的人從事的工作？」

「適合數字9的人做的行業，也都是和『夢』有關，或是和『空』以及『靈性』有關的事情。演藝、媒體、電信網路都是夢想型事業，這不正是歐普拉的職場領域嗎？除此之外，買空賣空的販賣美夢行業，像是股票、期貨、基金，或是生死相關的行業，如保險、殯葬、宗教，都很適合數字9的人。歐普拉若不走媒體路線，就算是去拉保險或是擔任法師、傳教師，肯定也非常出色。」

「嗯，以歐普拉的口才，加上動不動就放聲大哭的眞情流露，不管是說法傳道或是出售靈骨塔，應該都可以講得無比精采。」

「還有一種特殊行業工作，也是唯有數字9的女性，才能夠做得風生水起、悠然自在而且出人頭地。」麗子有點故意吊胃口地說。

「什麼行業？很奇怪的嗎？」進三果然十分好奇。

「許多銀座高級俱樂部或是我們京都花見小路祇園藝伎料亭的媽媽桑，都是數字9的女性。在那個紙醉金迷的夜晚世界，販賣的也是夢幻一場，生命中有9的女性就能夠如魚得水適者生存囉！」麗子的數字職業分析，也是不分高低貴賤的。

「眞的啊！可惜沒什麼機會常去，不然就盡量多幫妳收集些資料回來分析驗證。」進三說道。

「免了！要收集資料我可以自己去。數字9的人因爲愛做夢，所以在感情上喜歡幻想追求夢中情人，其實，追求的是自己製造出來的景象。要不然，就是想要尋得一位靈魂伴侶，可是，這在現實世界中很不實際，恰好遇見靈魂伴侶的機率實在很低。所以數字9的人在感情上，往往到最後會鏡花水月一場空。每一場戀情都讓她覺得和想像的不一樣，沒有那麼美好，不是自己要的。於是，一次又一次幻夢破滅，到頭來，什麼都沒能留下。我對歐普拉講到這裡，她又大聲哭了起來，這完全是她感情世界的寫照。如今孤家寡人的她，對戀情已經不抱任何期待了，認爲愛情只是淺薄而戲劇化的錯覺而已，既荒唐又糊塗。最後，她認同了我的看法：數字9的女人，不需要以愛情來填補自己的空虛心靈，必須靠自己成爲一個完整的人，如此，有沒有愛情，人生都是圓滿幸福的。」麗子說道。「歐普拉說，彩虹數字諮商給了她意外的驚喜收穫，尤其是像這樣的建議，對於多年來已經習於扮演強勢助人角色的她而言，更具有深刻雋永的意義。」

「看起來，妳好像又多了一個好朋友、好學生了。對了，數字9的歐普拉對應的是哪一幅世界名畫，妳還沒說呢。」

「早就想好了，是孟克（Edvard Munch）的名作《吶喊》。這幅畫作的這張臉孔，是古往今來所有繪畫作品中最廣爲人知的兩幅面容之一，我一直覺得不將他（她）放進這個數字解析系列，實在有失作爲一位藝術學者的立場。但是，畫中的主題人物年齡性別根本無法測定，拿來作爲女性人物的對照好像又不是十分妥當。猶豫了老半天，還是在和歐普拉諮商完後，才讓我下定決心的。」麗子說道。

「爲什麼？這幅畫和歐普拉有什麼關係呢？」進三問道。

「待會你就知道了。先談畫作，這是讓人看過一次就不會忘記的強烈視覺衝擊，在捂著雙耳拒絕外界的情狀下，眼睛不是也應該閉著才自然嗎？可是畫中人物卻是圓睜雙目，鼻孔擴到了最開，再加上張大到連臉頰都陷下去的嘴巴，一百二十年前的孟克用這樣的手法來表現極度的不安和恐懼，時至今日，傳達出的情緒就好像昨天才畫成的一樣，是新的，是活的，是就在眼前的。這就是孟克這幅名作之所以偉大的地方。」

「我們心理學家尤其是從事精神分析的人，也很喜歡以孟克作爲研究案例。他是挪威人，除了從小體弱多病之外，他的家庭親人可說是時代苦難的縮影。五歲的時候是媽媽，十四歲的時候是姊姊，都因爲感染結核病而亡故。擔任軍醫的父親，在宗教信仰上，狂熱到讓小孟克時時處在害怕恐怖的狀態。接著，父親和弟弟也相繼過世，妹妹則是被送進了精神病院監禁。孟克自陳『疾病、瘋狂和死亡是我搖籃邊的黑色天使』，確實一點也不誇大。」進三說道。

「孟克有一天和朋友走在峽灣的棧橋上，見到天空突然變得像血一般地紅，他驚恐地停下腳步說：『雖然不斷大聲叫著追趕自然而去，卻永遠不會有結果。』《吶喊》畫作中的人物，被這自然之中的叫喊聲引發了激烈的共鳴，但是自己卻發不出聲音，只能永無止境地無聲悲鳴。紅色的天空、海洋、大地，歪折的歪折，扭曲的扭曲，直到自己的肉體和精神也歪折扭曲在一塊。這樣巧妙而又深沉的表現形式，將近代以來人類『存在的不安』，讓觀賞者在凝視畫作的瞬間急速地湧現，既哭不出來，也無法悲泣。孟克是一位從早期的寫實主義畫風徹底改變風格的畫家，創作《吶喊》

的時候，正是他以狂舞的線條和獨特的色彩來表現內在懊惱和戰慄等精神危機的時期。這系列畫作創作於一八九三年，除了油畫之外，還有用蛋白膠彩、粉蠟筆以及版畫等不同媒材繪製而成的，總共五幅作品，現存於挪威的奧斯陸國立美術館。油畫的尺寸不大，才九十一乘以七十三．五公分。在左上邊的紅色天空，有一行小字寫著：『只有瘋子才會畫出這種畫。』不知道是不是孟克自己寫的，已經無從考證了。不過，孟克自己的確承認，長期處在陷入瘋狂的不安之中。」

「歷經長期的痛苦折磨，過了四十歲的孟克終於在自主意志下決定住進精神病院。幸運的是治療奏效，克服了精神分裂症，現在稱為思覺失調症的孟克，身心恢復健康回歸正常社會。這種案例，別說在十九世紀末二十世紀初，即使在現代都不多見。出院後的孟克，活到了八十歲，直到一九四四年過世。」看來進三這個心理醫學專家，對孟克的病歷還真的滿熟悉的。

「不幸的是，康復後的孟克，繆思女神也從此離他而去了。截至去世前的幾十年間，孟克只能不斷地在虛空中追尋過去曾經有過的創作靈感，卻毫無所得。瘋狂，真的是藝術的能量泉源嗎？孟克的故事總是讓人想起天才和瘋子只有一線之隔這句話。」

「那麼，孟克的《吶喊》和數字9，以及歐普拉之間，有著怎樣的關聯性呢？」進三問道。

「數字9的特質中，夢的另一面，就是虛無縹緲的幻境；靈性力量的另一面，就是身心解離、靈魂出竅；夢中情人的另一面，就是冤親債主；美夢成眞、心想事成的另一面，就是時空錯亂、精神分裂。孟克的《吶喊》，不正切切實實地描繪出數字9所有的『另一面』嗎？數字9的人如果能提升躍進，就是歐普拉，擁有令夢想實現的神奇力量；相反地，倘若只是一味沉淪放縱，孟克畫中歪折扭曲的人形就是極端負面數字9的下場。歐普拉和這吶喊的人，不過是數字9的一體兩面，在本質上是有共通性的。孟克童年的家庭陰影，歐普拉兒時的受虐經驗，也是相同性質的生命歷程，兩個人的差異是外在形式上的。歐普拉將負面失敗轉化爲事業上的動能，她說：『挫折是生命要你轉個方向。』所以在人世間她適應、發展得很好。孟克則是將精神的創傷壓力全數投注爲藝術創作的來源，因而達成了無人能及的藝術成就。你說，將《吶喊》這幅畫和數字9以及歐普拉這位女性結合在一起，是不是恰當呢？」麗子問道。

「簡直是天衣無縫的契合，眞是太佩服了。」

「數字9的人，腦神經細胞異常發達，過度敏銳，所以如果生病容易發生在頭部，腦神經衰弱、腦溢血、幻視、幻聽以及所有的精神障礙都要小心。這一個特徵，不只孟克已經用吶喊的人形表現出來，歐普拉也得特別注意。我問她會不會經常性的偏頭痛，果然，一語中的。」說到這裡，該是準備晚餐的時候了。到底是要品嘗來自北海道帶廣的代表料理「豚丼」，還是要享用也是來自北海道石狩的愛奴族傳統鮭魚呢？前者是網烤的，柔嫩中帶著焦香；後者是煙燻的，油脂高雅芬芳，入口即化。這種兩難才是唯一讓麗子想吶喊的事。

「你說全世界都認識的畫作臉孔有兩幅，除了《吶喊》之外，另一幅是什麼？」不知麗子心中糾結的進三問道。

「我要做飯去了，下次再說吧。」麗子決定，兩樣都來，人生才不會歪折扭曲而有所遺憾。

（寫於二〇一五年十月三十一日星期六）

數字
7 的女人

岩崎麗子

《蒙娜麗莎》
達文西，繪於 1503 年

今天是藤原家重要的日子。凡一參加全國高校基礎學力測驗，考試的結果，將決定這位中學以來PR值始終保持在99的孩子，是否能如願進入東大法學部。有點令麗子小小失落的是，凡一不要父母陪考，堅持自己單獨赴試。這年紀的孩子，正用各式各樣的行爲舉動，向父母親宣告自己長大了。同時，也是在和父母親道別說再見。幸好，進三夫妻兩人有許多共同的興趣愛好，彼此又是對方最喜歡的談話對象。不像大多數夫妻，不到中年，就已經無話可說，只能行禮如儀，敷衍應對，或乾脆各行其是，視而不見。進三和麗子總有說不完的話，聊不完的事。最近幾個月，兩人的討論主題都圍繞在彩虹數字和其代表的女性人物，以及所對應的世界名畫。特別是進三，不知怎地，興致特別高昂，一有機會就想盡各種辦法讓麗子爲他上課解說。不知不覺間，竟也將數字從2到9都講解過一遍了。趁著被凡一拋棄、只能待在家空緊張的時候，進三當然要好好地把握利用：「上次妳說到，世界名畫中有兩幅最爲人熟知的臉孔，除了孟克的《吶喊》之外，另一幅是什麼？還有，9個數字，現在只剩下1了。哪一位女性人物可以作爲這個偉大數字的代表呢？」

「在回答這兩個問題以前，讓我們先解析一下數字1的特色性質。我想，從三個不同層次面向說明這個數字。首先是數字1個別的基本意涵。數字1，是原點，象徵著一切的起始，任何數字都是從1累加而成的。所以，1就是無中生有，就是發明創造。也因爲1是獨一無二無可替代的，因此，另一種能量展現形態就是獨立自主，定於一尊，領袖群倫。低階的1，在茫茫中尋找自我，無法獨立，無法專心，沒有主見，也沒有堅定的意志。中階的1，開始發揮太陽的本質。會教導、管理、領導，是很稱職的老師、主管、領袖人物。在各種環境、任何團體之中，都會想當老大。有時候甚至還會好爲人師或越俎代庖。在當仁不讓的表現背後是凡事沒我不行的心態。高階的1，會發明、創造，這時，無中生有的力量出現了，創作的潛能源源不絕地湧現，不管是藝術的、美學的，或是科學的、哲學的，乃至於物質世界中許多嶄新構想和應用創新，都能產生奇思異想。至於進化到終極境界的1，則擁有洞悉一切的直覺力。無中生有的最高階段，是一步到位，不需要過程的。所有事情在終極1的面前，憑著直覺的運作，原形畢露，瞬間直指核心要義，立即掌握重點，分毫不差。於是處理任何事物，都猶如庖丁解牛，不費力氣乾淨俐落而又優雅至極。

總體來說，數字1的人，既在乎學歷又重視實力，往往兼具理論專家和經驗大師的資質歷練。既事必躬親又專心致志，堅持到成功爲止否則絕不罷休就是她的信念。既愛面子又擇善固執，自我存在感很強烈，經常感覺自我良好，反正這世界就是以自我爲中心在轉動的。數字1的人，不是白手起家成功創業，作爲主管、主帥，就是獨當一面當老師、老闆。比較孤僻一些的天才，就成爲發明家或藝術家。因此，數字1的特質，落實在個人的身上，就是一個『我』字說明一切。」麗子一口氣將數字1的基本意涵說得一清二楚。

「這些意涵都是屬於三個層次面向中的第一項嗎？那麼第二個層次面向又是從什麼樣的角度來理解1這個數字呢？」進三的提問，顯示他的確聽得很用心。

「第二個層次面向，和剛才的個人特質不同，是從人類集體的角度進行觀察。數字1的意涵中心和能量傾向，最最重要的本質就是『自我』。表現在個人的生命課題上，就是自我的追尋。而這一個數字本質投射在人類集體的歷史脈絡中，也可以看得見共同行爲目標的轉化與演變。從西元一〇〇〇年開始，直到二十世紀結束，這段時期出生的每一個人，生命數字中至少會有一個1。回溯起來，這個一千年，人類確實是不斷地在找尋自我，探索自我，而後發現自我，肯定自我，直到形塑自我，甚至極端的分化自我。從神和自我的分裂疏離，從自然和自我的對立征服，從民族和自我的權利競合，乃至於從同爲人類的他人和自我的區隔對抗，以及，自己內在的矛盾掙扎衝突裂解。這樣種種緊扣且對應著『自我』而衍生的現象，不正是人類在第二個千禧年歷史階段的集體行爲表徵嗎？由此可見，數字不僅對個人，對人類集體而言也具有莫大的影響。」麗子說道。

「經妳這麼一說，覺得眞是値得深思。人類的第一個千禧年，基本上是部落社會、部族社會，神權力量支持封建體制，不管是莊園經濟或是遊牧獵生，都沒有什麼普遍性的自我可言。自我意識在這一歷史階段並不那麼突出明顯，也可以說，還沒那麼覺醒而活潑。極少數人的意志以天神代理人的帝王姿態淩駕一切，至於眾生，在經濟社會統治體制底層生存的絕大多數人，在那漫長的千年黑夜中，哪有什麼自我可言。比紀元前時期西方的希臘或東方的戰國，更加不如。」進三的研究領域之一，是將文化人類學整合於榮格心理學的分析架構中，所以談起人類歷史發展中的集體意識，他是專家。麗子的見解獲得進三的肯定，也等於得到了專業學術的印證。

「至於二十一世紀之後出生的孩子們，變成進入到人人有2的時代，反而許多人缺少了數字1。形成的普遍現象是，很多孩子欠缺自我認同感，人格沒有重心，性情沒有主見，生命沒有目標，宛若一種漂浮魂遊狀態。這種狀態會普遍到形成有別於上一個千禧年的時代氛圍和集體意識，使得這個歷史階段呈現出截然不同的發展方式和運作模式。不過，未來的一千年，雖然是人人用2取代1，可是畢竟2還是由雙倍的1組成的。缺乏自我認同的孩子，其實內在是渴望獲得自我肯定和認同的喔！」麗子說道。

「那麼，二十一世紀後的第三個千禧年，人類集體意識的主軸是什麼呢？」進三問。

「當然是以數字2爲中心，從過去數字1的『自我』，轉換爲數字2的特質。我預測，未來時代的共同課題就是『協和共生』。關於數字1解析的第二個層次面向就是這種歷史階段的演進變化。」

「接下來，第三個層次面向，願聞其詳。」

「第三個解析角度是數字1才具有的特性，以兩種方式來發揮作用、產生效果。其一叫作『累加堆疊』，其二則是『跳脫支援』。因爲1可以延伸增生爲各種數字，所以，同一個人身上有好幾個1的時候，會激發出不同的能量，呈現出不同的狀態。這種情形，雖然邏輯上其他數字也會出現，但是實際的影響沒有1這麼強烈具體。先就累加堆疊作用來看，一個1的人，無始無終，自卑自憐，因爲1太少，企圖心、意志力、自信感都不夠；兩個1的人，有始無終，自尊自重，會去照亮別人，而且熱度適中剛剛好；三個1，有始有終，命令權威，自大又強勢，像中午的豔陽讓人受不了，如果是女人肯定性情剛烈，惹不得；四個1，轉剛爲柔變成外柔內剛，看起來外表溫柔，其實骨子裡倔強得很，做事則是無始但有終。你看，1愈多，是不是產生的變化就愈大呢？再更厲害的就是『跳脫支援』了，這是很難得的境界，一個人身上的生命數字中如果1很多，多到可以變換組合爲各種數字，那麼，就可以隨時調整自己的數字模組，像變更人生的密碼一樣，去補充自己欠缺的數字，或加強自己的運作能量。比如說，有5個1的人可以變成一個1、一個4，或是一個

2、一個3，也能夠轉換爲一個1、二個2或是二個1、一個3。以這樣的變化轉換，去跳脫支援自己生命數字中需要補充或強化的部分，不就得以讓生命更加協調圓滿，或者就可以提升能量潛質去實現目標願望了嗎？」麗子說道。

「這麼說數字1很多的人，不就像變形金剛一樣厲害嗎？」

「話是沒錯，但也要懂得調整運用才行。所以對數字1很多的人來說，自我的省察覺知就更重要了。否則，根本不懂得調整自己的數字去控制自己的心性，就算上天賦予了再多1，也是枉然。」

「數字1解析得這麼深入徹底，總該可以告訴我，代表1的女性人物是哪一位了吧？」進三問道，這是他最有興趣的部分了。

「就是我啊！我的先天數再加上階段數共有12個1。學習彩虹數字這麼多年，推算解析的案例這麼多人，像我這樣有這麼多1的人還眞是從沒遇到過，沒辦法，只好把自己列爲數字1的代表了。像我的1這麼多，在跳脫支援的運用上，已經到了欠什麼數字就可以補充什麼數字，要加強什麼數字就能夠提供什麼數字的地步了。從另一個角度看，也可以說，從1到9，我是什麼數字都擁有的。或許是這個因素，讓我的人生充滿了各種正面、負面的遭遇歷練，而得以比較圓融成熟，平衡感比較高。也因爲這樣，讓我能夠同時扮演很多不同角色，因爲每一個數字所特有的能力，我都可以增生形成來使用。」麗子說道。

「難怪，我常常很困惑，妳怎麼可以擁有那麼多的身分，並且做好那麼多的事情，到底是怎樣辦到的。既是西洋藝術史的學者，又是政治情勢分析的專家；一邊用彩虹數字的諮商輔導幫忙無數人，一邊又悉心把家庭孩子照料得無微不至。原來就是擁有12個1，讓妳成爲這樣的神力女超人。」進三終於解開謎團般地恍然大悟。

「神力女超人還不是要爲你洗衣做飯擦地板？至於對應數字1的世界名畫，我身爲1的女性代表應該有自由選擇的權利吧。就是達文西的《蒙娜麗莎》。這幅畫，正是《吶喊》之外另一幅全世界無人不知的最著名畫作臉孔。她的知名度、重要性、獨特性、在繪畫歷史上的地位，都是獨一無二、至高無上的。有哪一幅畫作主題的女性可以和她相提並論？單就這一點，以這幅畫作對應數字1，理由就足夠充分堅強了。」

「完全贊成！完全同意！不過，麗子大師選中《蒙娜麗莎》的理由，我想絕對不只一個吧。」進三作爲一位受教的好學生，提問總是切中重點。

「當然，第二個原因和畫的作者有關。達文西，就是一位數字1的天才。數字1的人，本來就具備無中生有的創造力，可以是發明家，也可以是藝術家。論及發明和藝術，古今不管東方西洋，有哪個人集這兩項天賦異秉於一身，能超越得了達文西的？從飛翔的機器到潛水的裝備，從《蒙娜麗莎》到《聖母、聖子與聖安妮》，從生物、醫學、天文、物理到文學、藝術、科技、工藝，達文西所留給人類的文明遺產，其豐富、先進、多樣、超越的程度，簡直到了令人匪夷所思的地步。爲什麼他什麼都會、都通、都精，而且什麼都想得到、造得了、做得出，這都是因爲達文西具有數字1無中生有創造力的緣故。」

「太厲害了！如果要推舉數字1的男性代表人物，應該非達文西莫屬了。選擇《蒙娜麗莎》，還有第三個原因嗎？」進三繼續扮演好學生角色問道。

「第三個理由就是藉著這幅畫作和數學的關係，來表彰數字和藝術之間密切的聯結性，向達文西這位大師致敬，同時向彩虹數字這門學問致敬。達文西這位兼具多方面創造力的文藝復興大師，在繪畫創作上也融入了許多當時他所發現及掌握的先進科技元素。例如幾何學透視法，就是建立在數學之上，運用數字構成圖像的高超技法。現代繪畫的線性透視法，是在文藝復興時期由菲利波・布魯內萊斯基（Filippo Brunelleschi）所開創，經由萊昂・巴蒂斯塔・阿伯提（Leon Battista Alberti）闡明其中的數學原理，而逐漸成爲畫出更接近眞實世界的標準方法。阿伯提的名著《繪畫論》開宗明義就寫著：『我首先要從數學家那裡擷取我的主題所需的材料。』至於運用透視法極爲純熟的畫家皮耶羅·德拉·弗朗切斯卡（Piero della Francesca），在那個時代根本被當作一位數學家。達文西，當然是透視法繪畫以及幾何數學的一代宗師，《蒙娜麗莎》是達文西運用幾何數學透視法的繪畫作品中登峰造極之作。所以，選這幅畫作爲數字1的對應，是不是別具意義呢？」

「也只有妳這位同時兼具藝術和數字功力的專家，才會想到用《蒙娜麗莎》將數字與繪畫結合起來吧！」進三再問道：「已經三個原因，夠充分了，還有其他的嗎？」

「最後一個理由，《蒙娜麗莎》這幅畫中，喬孔德夫人的微笑如此神祕，從不同角度，在不同光線，自不同距離，甚至注視不同部位，都會產生不同的變化，給人不同的視覺效果和情緒感受。這種狀況，不就如同一位擁有許多數字1的人，好比達文西一般，可以變換角色身分，可以調整生命能量，可以兼容並蓄多才多藝嗎？《蒙娜麗莎》的神祕變化和數字1可以跳脫支援，二者之間的特質，有異曲同工之妙。達文西在《蒙娜麗莎》中創造出了朦朧變幻效果，使用的是他的獨門技法『暈塗法』。從他的筆記我們知道，達文西對光學、自然界的光影和色彩，有深入的研究和獨到的見解。這些知識，結合油畫顏料的物理和化學作用，使光線產生散射效果，達到不同的視覺色彩呈現。但是幾百年來，究竟達文西是運用了什麼技術來描繪出《蒙娜麗莎》的神祕面容，則始終沒有明確的答案。

直到二〇〇四年，位於羅浮宮的法國博物館研究與修復中心（C2RMF）在多國專家的合作下，對這幅名畫進行了高科技檢測，才推論出初步的解答。科學家利用精密的X射線螢光光譜術（X-ray fluorescence.XRF）透視分析發現，《蒙娜麗莎》的左臉頰，從鼻側到耳朵，由亮到暗，半透明亮面漆（glaze）的厚度增加了三十到五十微米。一微米是一百萬分之一公尺。這些厚度，是一層又一層的亮面漆漸進堆疊而成的，每一層大約二微米左右，最多的部分塗了二十層甚至三十層。這麼細微的變化，使得肉眼根本無法辨別出任何光暗交界處的筆觸，不同光線例如紅外線、紫外線以及可見光的不同波長，在照射到畫作不同位置時，會因爲顏料不同、厚度不同，產生不同的視覺效果。這項研究解釋了達文西暈塗法之所以神祕，背後隱藏的繪畫技法。由於亮面漆完全乾燥需要的時間，依配方的不同可以從幾天到長達數月，爲了讓每一層乾燥之後再上一層以達到最好的陰影漸進朦朧效果，這好幾十層塗下來，可要用掉好幾年的時間。如此，也就解釋了達文西爲什麼一直將這幅畫帶在身邊，持續多年時間進行創作的原因。所以，《蒙娜麗莎》的神祕，來自層層堆疊的暈塗變化，這和數字1的第三個層次面向：累加堆疊、跳脫支援所帶動的轉換變動，可以互相對照呼應，原來是有著科學根據的喔！」

「以《蒙娜麗莎》的神祕祕密，向達文西致敬，和數字1對應，眞是合適得無以復加。而且我強烈主張，也應該以這幅名畫和妳這位數字1多到破表的女性代表對應並致上最高的敬意。」所有的數字解析終告完成，而且結束得如此完整美好，進三心裡有著難以言喻的喜悅。

至於麗子，依照慣例，上完課肚子一定餓了，已經想著待會凡一考完試回到家，要準備什麼好料來慰勞他了。

三天後的星期三是一年之中藤原家最重要的日子：麗子生日。這天，在金閣寺附近王子飯店開設的「焱」（Sonoma）鐵板燒，唯一的一間包廂，是進三特別預訂了，爲麗子慶生的地方。說是慶生，也沒什麼特別形式，享用美味食物最合麗子心意。吃鐵板燒，藤原家自創的用餐方式是：主菜先上，其他食物等肚子還有空間再說。如此，才能在饑餓狀態下，眞正品嘗出頂級食材的滋味。否則，依一般程序先塞下沙拉、湯、麵包、前菜，等到主菜上場已經七分飽，食慾剩不到三分，再怎麼好吃的主菜也沒那麼激勵人心了。藤原家從焱開幕的第三天就成爲老主顧，是看著這家鐵板燒成長茁壯做出口碑名號的客人，和主廚師傅更是熟悉。關於料理，什麼都不必多說，只要一句「照舊」就好。來焱爲的是牛肉，不是和牛，適合鐵板燒作法的是美國的安格斯黑牛，全程穀物飼養，從小吃玉米長大的。選用 Prime 等級的肋眼，只切取肋眼上端那片只有三百公克的蓋子部位，裁成薄片在鐵板近千度高溫上煎不到一分鐘，香氣、甜味、油脂、多汁軟嫩口感，綜合起來，只有無上幸福可以形容。牛肉之後，一人一顆幾分鐘前還飼養在水族箱裡的生鮮鮑魚，是產自福島縣的大麻鮑，熟透之後只要幾滴檸檬汁襯托就好，加上一杯蘑菇熬煮十二小時做成的卡布奇諾湯，至矣，盡矣，其餘均可以打包矣。

在今天這個重要日子，進三特別準備了一瓶琴夏洛・阿斯提（Cinzano Asti）一九八二年的黑皮諾，慶祝乾杯用。這是一家創立於一七五七年的義大利著名酒廠，用這瓶酒向麗子這位文藝復興時期藝術研究的專家致敬，應該很合適才對。進三心裡這麼想，麗子根本無暇顧及，只管發揮她數字1專心致志的精神向牛肉發動攻勢，酒還沒醒就已經吃到第四輪了。焱的牛肉，也是凡一的最愛，藤原家經常以他考試第一名爲藉口，一起來打牙祭。

「生日快樂！」牛肉吃完，一家三人碰杯祝賀，現在，可以進入優雅閒聊的階段了。

「今天向妳恭賀生日的人還是和往年一樣多吧。」進三問起。

「以前都是打電話，現在都是用 line 和臉書了。很多啊，以學生和諮商輔導的對象爲主。」麗子說道。

「最近我有特別注意那些代表各個數字的女性人物動向如何，她們也都知道妳今天生日嗎？」進三問道。

「眞奇怪，大家是怎麼知道我生日的？」麗子說。

「臉書上就有啊！馬麻，妳還沒發現喔！」凡一說。

「原來如此，那不就全世界都知道了！難怪大家都來祝賀。既然你對數字女性們這麼有興趣，我們就來點一次名瀏覽一遍。數字9和8的歐普拉和羅塞芙才剛剛分析解說完，近況沒什麼更新。不過，我已經給羅塞芙總統發了電郵表示要去巴西，她很高興，立刻指定一位總統辦公室的官員作爲我的聯絡窗口，這下子，不去也不行了。」

「別忘了，把我們兩個可憐又愛跟的父子放進妳的隨行名單喔。數字7是韓國總統朴槿惠。」進三說道。

「朴大統領最近可忙了。二〇一五年九月三日中國在天安門廣場舉行閱兵儀式，全世界的民主國家尤其是已開發國家的元首幾乎一致抵制，只有她興沖沖地跑去，結束後返回南韓，還很得意說她被排在緊鄰習近平左手邊的位置，另一邊就是俄羅斯總統普丁，一副備受禮遇尊榮的樣子。結果被嘲笑：『廢話，除了你們兩個人，其他參加閱兵的國家元首，都是國名最後加上『斯坦』的，什麼什麼斯坦，被人家攞出來當樣板還高興什麼？』後來朴大統領到美國訪問，白宮對她就有些若有似無地冷淡了。不過，兩個星期前在首爾召開的日中韓三國首腦會議，是中斷三年後由她促成恢復的東亞國家最高層級交流，算是一項成功的外交業績。」麗子說道。

「上次妳不是提到南韓歷史教科書的荒謬嗎？真的是神準到讓我嚇到。我們討論朴槿惠的那一天是十月三日，之後不到十天，十月十二日，南韓政府提出中學教科書國定方案，將從二〇一七年起，由原本多種民間編訂版，改爲統一使用官方版本，引起全國譁然。學生、老師、教授、反對黨一致強烈抗議，認爲這是讓教育退回獨裁時代的政策。首爾『歷史眞相與正義中心』的首席研究員說：『父親發動軍事政變，現在女兒正打造一場歷史教育的政變。』教科書爭議的焦點，集中在南韓近代史如何描述朴槿惠的父親朴正熙等軍事統治者，直到現在，南韓各地反對政府扭曲歷史的示威活動還在如火如荼進行中呢。」進三說道。

「據我所知，朴大統領發動這場教育政變的動機，是因爲民間版的歷史教科書用了二十八次『獨裁』一詞形容她父親那年代的軍事統治政權，卻只用了兩次『獨裁』來指稱北韓的金氏家族王朝，讓她心裡早就已經非常不滿了，才會制定這樣的政策。說來說去，還是不脫數字7的特質：好勝、猜忌又意氣用事。」

「數字6是臉書的營運長雪柔，她最近應該很忙吧，臉書這陣子增加了許多新的功能和營運方式，一直在不斷地提升發展。」進三問道。

「雪柔是第一位在臉書上向我祝賀生日快樂的，我開玩笑問她是不是公器私用，從後台擷取私人資訊，她發誓說沒有。梅麗莎這位雅虎的CEO竟然也使用雪柔她們家的臉書，湊進來一起聊。她們說，上次和我見面後對彩虹數字的神奇念念不忘，還介紹給一位同行女性，好像是Google的高階主管叫作波拉特，說耶誕節後要來日本找我諮商彩虹數字。」麗子說道。

「波拉特，該不會是現任的Google財務長露絲・波拉特（Ruth Porat）吧！這位女士可是不得了的人物，被稱爲『華爾街最有權力的女人』，之前是摩根史坦利的財務長，今年三月才被挖角到Google。這麼一來，我看美國最重要的科技公司女性主管，可以組成一班妳的學生了。」進三說道。

「這些大公司的高階主管，和鄉下地方的小女孩，對我來說都一樣。不過，聽說這位波拉特女士和希拉蕊也很要好，是她的競選募款要角，說不定將來美國財政部長的位子會替她留著呢！」

「數字5是昭惠夫人，她應該一切都好吧，事過境遷了。」進三問道。

「昭惠是最貼心的，昨天就派人送了一箱岩手縣的松葉蟹作生日賀禮，她一定是事先和野田聖子議員約好了，野田則是送我一箱北海道根室的鱈場蟹，兩人還說要來找我聚餐吃飯唱卡拉

OK，我是螃蟹含笑接納，K歌敬謝不敏。不過，昭惠戒酒之後，整個人神清氣爽多了，她說以後要把時間用在推動提升女性職場地位的立法工作上。看起來，這次的危機也是她的轉機呢。」麗子說道。

「那也是她很幸運，在關鍵時候，有妳這樣的亦師亦友給予她最適切的支持和建言，才能轉危爲安啊。數字4的梅克爾總理，上星期的富比世全球權勢人物排行才剛公布，評選她爲世界第二名最具權勢人物，僅次於普丁。美國的歐巴馬、中國的習近平都不用說，連教宗方濟各都排在她後面。」

「梅克爾總理最近做了一件很重要的事情，上個月她親自訪問土耳其，爲了難民問題和土耳其總統進行閉門協商，結果，土耳其允諾全力協助收容所有進入該國境內的敘利亞以及中東、中亞地區難民，交換條件是德國提供土耳其國民進入德國免簽證待遇。土耳其總統對梅克爾的提議大表歡迎，能得到德國免簽讓他笑逐顏開。果然，兩週前的土耳其大選，現任總統率領的執政黨跌破專家眼鏡在第二輪投票就大獲全勝連任成功，本來以爲即使進到第三輪投票也難分勝負，誰知道根本不必。梅克爾送的大禮助選效果功不可沒！」麗子說道。

「這也是現階段敘利亞內戰暫時難以平息的情況下，處置難民問題最好的選擇方案了。安潔莉娜．裘莉這位聯合國難民特使應該去跟梅克爾獻吻才對。這個數字3的女生沒忘記祝福妳生日快樂吧！」進三問道。

「別看裘莉人高馬大，她的心思是很細膩的。今天一早就親自打電話給我，說她送我的禮物是要邀請我作爲她和布萊德．彼特合演新電影《海邊》日本首映典禮的貴賓，我馬上用如果逼我去，就取消船舶振興會的二十萬難民收容計畫做威脅，她才乖乖打消主意。據說這部片描寫的是夫妻之間各種問題的怨偶經典情節，裘莉這位六個孩子的媽，爲了宣傳電影，最近拚命炒作新聞，還放出什麼『布萊德心中有新人，裘莉發飆防小三』之類的八卦。才讓我想起來，十年前，裘莉自己就是小三，把當時已婚的布萊德從珍妮佛．安妮斯頓手中搶過來，現在竟然搖身一變，成爲犀利人妻了。裘莉眞是不折不扣的數字3女生，永遠不改本色。到時候她來日本宣傳新片，你的烤魚可要多準備幾尾才行呢！」麗子說道。

「是的，遵命。最後是數字2的希拉蕊，從妳和她見面之後到現在短短兩個月，她的選情聲勢急速上漲，好像突然起死回生似的。先是在民主黨內提名競爭的辯論中橫掃對手，表現一枝獨秀，民調升到56％，領先第二名的桑德斯23％，嚇得現任副總統拜登趕緊宣布放棄角逐民主黨內提名。接著是上個月共和黨看她氣勢這麼旺，想要挫她銳氣修理她，故意在國會舉行聽證會，傳喚希拉蕊來作證備詢，針對她擔任國務卿時發生的駐利比亞美國大使遭暴民殺害的班加西事件，足足連番砲轟了她十一個鐘頭。誰知道，希拉蕊的表現不慍不火，不卑不亢，就事論事，條理分明，立場清晰，態度堅定，一群共和黨國會議員猶如踢到鐵板。美國人民看在眼裡，對共和黨的政治操作心知肚明，反而對希拉蕊產生同情，支持度更因此上升。」進三說道。

「這大概是希拉蕊一輩子扮演女強人角色以來，第一次這麼多人替她委屈抱不平吧。關鍵在於，在班加西事件的責任問題上，她明確表示，政策雖然沒有錯誤，但是作為國務卿，她依然願意為大使身亡的結果負起責任，而且對此感到愧疚抱歉。這種態度，不僅合乎人性情理，更顯示出她的勇敢擔當。希拉蕊，已經不是那個永遠不肯承認錯誤的完美女強人了。她發了一個電郵給我，提到很慶幸自己接納了我的建議。她說，明年如果順利當選，除了要邀請我到華盛頓參加她的就職典禮，還要將上任後簽署第一部法案使用的筆保留下來送給我，真是盛情難卻。」麗子說道。

「到時候，別忘了將我們這兩個可憐又愛跟的父子，放進妳的隨行人員名單喔。」這次說話的不是進三，是凡一。父子同心，這是他們共同的心聲。

把數字系列的代表女性人物討論過一輪後，焱的鐵板燒套餐已經進入附餐階段，這裡的烤布蕾是用純蛋白打出來之後烘焙的，鬆軟可口又沒有熱量負擔。除了咖啡，焱沒有一道食物是可以挑剔的。薄荷茶、伯爵茶、奇異果汁送上後，進三從包廂櫃子裡拿出一個大紙袋，顯然是事先預置好的。進三將禮物送到麗子面前，說：「生日快樂！」

每年麗子生日，進三的禮物，總是超乎麗子的預期，總是別出心裁地帶給麗子驚喜。驚喜的，不在於那份禮物的價格，而是進三用心貫注其中的價值。今年的禮物，又是什麼呢？

小心翼翼地打開包裝，出現在麗子眼前的，是一個泛著紫紅色溫潤光澤、看來古老而堅韌、保存狀況非常良好的山葡萄藤揹籃。從顏色的變化程度來判斷，這只揹籃，就算沒有五十年，至少也有三十年以上的歷史，才能達到這麼美麗內斂的動人色彩。原來，麗子喜歡、想要的東西，進三早已看在眼裡、放在心上。問題是，他到哪裡去找到這麼一只稀罕珍貴的古老山葡萄藤珍品呢？對於麗子的疑問，進三解釋道：

「起先在網路上搜尋，貼文徵求收購，都毫無收穫，大概擁有這種器物的老人家都不是會在網路上漫遊的族群吧。近半年來，我開始前往京都的各個古物市集碰運氣。每個月二十一日在東寺舉行的『弘法市』市集、每個月十五日在京都大學附近『百萬遍』的手作市集、每個月八日在萬福寺主辦的『黃檗布袋祭』市集、每年四次不定期的『森の手作市』，則是在下鴨神社的參天林木中舉辦的。這些古物市集，只要有辦，我就去找。皇天不負苦心人，最後是在竹田『京都脈動廣場』開催的『京都大古物博覽會』讓我遇到的。說來眞是有緣，這是全日本最大的古物市集，一年才三次，全國的古物商都會來參展。六月份那次我錯過了，誰知道最近十月份的這一次，它就出現在我眼前，二話不說，馬上買下來囉！」這只藤籃如此古老又如此完好，價格肯定不菲。更重要的是，進三花了那麼多時間，跑了那麼多地方，鍥而不捨地爲麗子準備這項生日禮物的精神，才是無價而令麗子感動的。

「這只山葡萄藤籃子，可以拆解開來重製爲多少個、什麼形狀、如何大小的包包提袋，就是妳這位藝術美學專家的專業了。我只能把老藤交到妳手上，至於新包包的設計造型，就讓妳自由發揮了。」進三又補充道：「倒是碩果僅存會編織山葡萄藤的山形縣老師傅，我已經幫妳把資料找好了，隨時可以聯絡。」進三的細緻用心，執行得很徹底，這又加強了麗子的感動。

「謝謝！你眞的很有心，爲了找到它，眞是辛苦你了。」麗子一邊道謝，一邊檢視這只藤籃，裡面怎麼好像有東西，伸手取了出來，是一本書，封面上印著書名《彩虹麗子》。翻開目次一看，是數字1到9，每一個數字代表的女性人物，對應一幅世界名畫，以敘事體裁寫成的小說。原來這段日子以來，麗子的解讀分析，進三不但詳實地記錄下來，還把每一位人物、每一個數字、每一幅畫作，以麗子作爲陳述的中心，架構出一部紀實小說。整個數字系列解析三天前才結束，竟然一部打字、編排、印刷、裝訂完整的書籍，就這麼出現了。顯然，這也是進三費心製作的「手創本」。

「這是另一份生日禮物，全世界獨一無二的彩虹生命數字人物紀實原始記錄版本喔！這部紀實小說，除了祝賀生日，更為了向妳這位彩虹數字大師致敬。這麼多年來，妳用數字諮商和教學，幫助那麼多人，認識自己、解脫困境、確立目標、實現夢想。更難得的是，妳從不吝於將正面能量傳遞給別人，永遠在提示、引導人們走向提升自我、轉換心性的積極進化境地。雖然這部紀實故事中代表每個數字的女性都是國際知名人物，但是在妳的眼中，眾生平等。這些人物只是作為數字特質的表徵而已，和每個人一樣，都是世間的凡夫俗子，都沒有分別。每個故事，都反映妳對待眾生的無二態度。所以，這部作品真正的創造者是妳，我只是將妳的精神、觀念、見解以及經驗歷程和互動遭遇，忠實地記錄下來而已。這個紀實文本，就好比山葡萄藤一樣，是珍貴的第一手原始材料。至於未來要改造成什麼樣的作品，都還得由妳親自操刀撰寫才行。」進三的一番話，是肺腑之言，沒有絲毫的裝飾溢美，卻格外地深情動人。

「謝謝。這份禮物太珍貴了，謝謝！」麗子的淚水已經漫到眼眶了。想到這段期間進三每次和她談論過後，花那麼多時間心力去完成這樣一部紀錄，這份心意實在太難能可貴了。

正當夫妻兩人還沉浸在感動情緒中，凡一說話了：「馬麻，我也準備了一樣禮物要送給妳。

不過，這個禮物太大，我沒有辦法帶過來這裡就是了。」

「眞的啊！是什麼禮物大到帶不來？先告訴我吧。」以往凡一的生日禮物都是一張卡片，今年到底有什麼特別的呢？麗子十分好奇。

「我要送妳的禮物是：考上東大法學部。學力測驗的成績出來了，我考了滿級分，加上合併計算在校成績，我的分數全國總排名在五十名之內，錄取東大法學部應該沒有問題，除非忘了提交申請資料，我不會那麼糊塗的啦！這陣子我很用功，要讓推甄的學測有好結果，就是希望趕在妳生日之前得到成績通知，送給妳作禮物。馬麻，謝謝妳對我的照顧。考上東大雖然不應該覺得很虛榮，不過，其實還是滿虛榮的吧！我就把這份虛榮驕傲，送給妳作生日禮物。妳看，這項禮物是不是大到我根本帶不過來呢？」凡一說道。他說話的樣子，瞬時讓麗子覺得似乎更成長了，不再是個孩子。

「虛榮也好，驕傲也好，我都喜歡，我都要。這是凡一送給我的，我要好好享用這份你努力換來的禮物，好好享受你帶給我的虛榮驕傲。」麗子開心極了，不只是欣慰凡一的用心，更打從心底對擁有這樣一個孩子引以爲傲。不因爲東大法學部，而是因爲作爲凡一的父母而充滿虛榮驕傲，天經地義理直氣壯，有何不可呢！

包廂的燈光熄滅，服務人員推車送進來的蛋糕上是一個問號蠟燭。進三和凡一唱完日文和英文的生日快樂歌，吹蠟燭切蛋糕前，是許願的時刻。在搖曳生輝的燭光中，麗子雙掌合十，雙眼閉上。剎那之間，像永恆無際銀河流逝閃動掠過她眼前的，是在這同一時空下無窮的數字，以及無盡的其他時空下無限的不同人生。這位麗子即刻當下在這裡，其他的麗子此時此刻在哪裡呢？每一位麗子的命運容或有差異，是否生命的意義也有高低呢？

「要許什麼願望？」一時之間，這位圓滿幸福的麗子，竟不知該如何……。

（寫於二〇一五年十一月十五日星期日）

女力時代來臨

與新建ＪＲ京都車站建築共構的格蘭比亞飯店（Granvia Hotel），玄關車道處駛入一部嶄新的Benz GLA 200。這是進三今年送給麗子的生日禮物，本來麗子還是鍾情於賓士的C系列車款，誰知道到現場看車時，這部小型休旅車洗鍊的外型線條、優雅的車頭造型和可愛的屁股弧度，立即獲得了麗子的青睞。根本不管它的性能配備，就下了訂單。除了外型，唯一讓麗子印象深刻的是，駕駛人雙手放開方向盤就能夠自動迴車入庫或路邊停車的自動系統，竟然已經成爲賓士全車系的標準配備。看來，車用人工智慧已經不是想像中或研發中的技術，無人駕駛的時代眞的很快就會來臨了。

有了新車當禮物，麗子原先那部狀況絕佳的Benz C230K，就移交給遠在神奈川縣教書、極少回家的女兒宣子接收了。今天開著Benz GLA 200的是考上大學也考取了駕照的凡一，他在媽媽生日這一天，自願擔任駕駛，讓麗子享受一下由兒子提供接送服務的感覺。當然，凡一也順便宣示著，自己又朝獨立自主更邁進一步了。

這次藤原家慶賀麗子生日用餐的地點，是去年爲了王將煎餃和天下一品拉麵而擱置的天婦羅料理——京林泉。這家位於格蘭比亞飯店內、只有二十個座位的名店，是承繼關西風的老舖料亭「京大和」直營的天婦羅專門店，以當令季節食材「旬之味覺」作爲最大賣點。決定天婦羅優劣勝負關鍵的油炸用油，是使用起源於江戶初期以油菜籽冷榨的白紋油，混合太白胡麻油，採特別比例調製而成的獨門配方。讓裹著麵包粉炸出來的天婦羅外皮，呈現幾近純白的顏色，封鎖住各式食材的原汁原味。這樣的天婦羅，若是像一般吃法，在甜味過剩的鰹魚蘿蔔泥裡浸泡濕軟了來吃，簡直是糟蹋。藤原家的習慣是，直接送入口中，最多沾一點點京林泉以來自蒙古的內陸湖鹽調製的芥末鹽就好。

今天，進三爲麗子和凡一點的是，最豪華的15品「月 course」。至於自己，則是八道料理的蔬食套餐。這一年來，運動健身和飲食控制的自我管理，成了進三生活中的重要事務。京大的研究室開闢了一個角落，作爲健身區。每天靠著徒手運動，在強度和分量上，都已經達到專業等級。進入中年的男人，若是忽然間卯起來鍛鍊外表身材，十之八九是爲了把妹、爲了小三。可是，除了鍛鍊肉體，這一年來一頭栽進人類古今信仰意識與符號表徵關聯性研究，被麗子笑稱每天把自己關在研究室裡和坐牢差不多的進三，則根本沒有這個懸念。今天爲了祝賀麗子生日，近年厲行無精製澱粉飲食的進三，破戒享用天婦羅大餐是一定要的，只是清淡一點而已。

連酒都不沾了的進三，舉起以清水燒茶杯盛裝的綠茶，和凡一一起向麗子祝賀：「生日快樂！」

「謝謝！好快喔，一年又過去了。」女人在生日的時候對歲月流逝的速度總是特別感懷。

「今天妳的數字信徒和學生們，是不是都普天同慶地紛紛捎來祝賀呢？」

「是啊！臉書加上line，躲也躲不掉。」

「去年數字故事的那些女孩們，也都記得妳生日嗎？」

「幾乎啦！第一個和我聯絡的還是膽大心細的安潔莉娜．裘莉，虧她離婚戰打得如火如荼，還是沒忘了打電話來。」

「去年還以爲是爲了電影宣傳故意和布萊德．彼特演出夫妻失和肥皂劇，誰知道忽然間兩人就互相開火了。從一開始指控布萊德呼麻、酗酒、情緒易怒有問題三大罪狀，經過預謀抓姦，到以揭發老公打小孩引起ＦＢＩ介入調查作爲突擊手段，向法院訴請離婚、要求孩子單獨監護權，從頭到尾，這老公被裘莉打得兵敗如山倒，毫無招架之力。一點也沒有電影《史密斯任務》裡的勢均力敵，簡直是一場一面倒的比賽，還是直接ＫＯ呢。」進三作爲旁觀者，似乎看得心有餘悸。

「誰教他娶到數字3的女人，還惹到數字3的女人？能量呈現跳躍狀態的3，臨場反應與正面攻擊能力超強，加上語言暴力本來就是3的看家本領。一旦感情生變，從親密愛人變成必須徹底殲滅的叛徒敵人，數字3女人可以轉換得毫無窒礙、無縫接軌、判若兩人。對裘莉來說，有仗可打，其樂無窮，就算對手是長達十二年的枕邊人也一樣。」

「看起來《古墓奇兵》裡的角色，和現實世界中的裘莉，眞的都是數字3女人，只是對打的目標不同。布萊德．彼特還是適合演出《致命突擊隊》裡憂鬱失敗的恐怖分子。」

「憂鬱失敗的男人，不管是電影裡的北愛爾蘭共和軍，或是現實中被數字3老婆休掉的丈夫，只要有著布萊德那雙無辜眼神，很快就有女人搶著帶回家照顧的啦！」

「是是是，遇上數字3的肉食女，男人想不草食化都不行。」

裘莉也不是只顧著修理布萊德而已。在難民議題上，過去一年是裘莉投入有成的一年。九月十九日，聯合國召開了史無前例的第一次難民高峰會，一百九十三個國家通過發表了〈紐約宣言〉，承諾將共同分擔照顧難民的責任。雖然人數已經高達六千五百三十萬人，難民議題仍然缺乏立即有效的解決方案，但至少這世界已經不再那麼冷漠了。」

「妳的船舶振興會難民接納計畫，不是也進行得很順利嗎？」

「二十萬人的接納目標確實達成了，雖然有待改善和克服的問題還是很多，不過，推動過程中也激發出日本人善良包容而且熱情的一面。裘莉感動地說，一旦拿到監護權，要把孩子送來日本念書。到時候，要我擔任保證人，搞不好還要住在我們家。」

「好啊！那家裡就變成小聯合國了。秋刀魚一次至少要烤二十尾，沒問題！」

「有熱鬧離婚的，也有高調結婚的。妳堂妹紀香上次在帝國飯店的婚宴，還眞是豪華盛大啊。」

「我們藤原家族現在知名度最高的就是紀香了。四十五歲，第二次穿上白無垢，還耗費五億舉辦婚禮，聽說單單贈送電解水機作爲賓客的伴手禮，就花了五千萬。不過，說不定是廠商贊助順便做廣告就是了。改天把我們家那台拿出來看好不好用。」

「已經轉送別人了啦。紀香是數字7的女人，對照一下她的彩虹數字內涵就知道了，這一切都理所當然。除了紀香，另一位你的青春偶像也傳出喜訊了，不是嗎？」

「妳是說鈴木京香嗎？聽說她要結婚的對象小她九歲。」

「四十八歲的鈴木小姐生命數字是6，她的事業和感情歷程也一樣可以從數字中得到解釋。」

「彩虹生命數字眞是威力無窮。除了這幾位演藝界肉食熟女之外，總理夫人昭惠不是也送了生日賀禮來嗎？她最近好嗎？」

「昭惠和野田聖子眾議員去年送的生鮮螃蟹雖然美味，得自己烹調料理還是有點麻煩，被我小小抱怨了一下。昨天收到的禮物就完全改進了，聖子送的福井縣越前町名物『開高丼』，是以當地特產的越前蟹做出來的螃蟹丼飯。一份蟹丼奢侈地用上八隻越前蟹蟹肉蟹膏，一天限量十份，實在是無敵珍品。」

「好好吃的樣子喔！可是，爲什麼這種蟹丼飯會叫作開高丼呢？」

「獨家製作越前蟹丼飯的，是越前町一家旅館『故鄉之宿』。有一次，在《地球繞著玻璃邊緣轉動》這本著作中將越前蟹稱爲『海中珠寶箱』的名作家開高健先生入住這家旅館，享用了蟹丼飯之後，旅館主人就決定，以這位作家的姓氏作爲蟹丼的名稱，以表達對開高先生的敬意。」

「原來如此，野田議員眞是用心。她的政治生涯，最近好像陷入了低潮，是嗎？」

「聖子從政到現在，高低起落也不是第一次了。二〇〇五年九月，她覺得執政黨總裁改選，如果因爲現任總理沒人挑戰，就直接無投票連任，有違民主精神，決定自己出馬參與競爭。雖然最後沒能得到應有的二十名國會議員連署提名，參選不成，還是因爲這種不聽話的行爲，被黨內當權派冷凍，如今變成唯一一位當選次數高達八屆卻沒有任何政務黨務職銜的陽春眾議員。」

「這也太殘酷了吧！」

「聖子自己倒是很看得開。」

「爲什麼？野田議員不是一個政治企圖心很強的女性嗎？」

「聖子的祖父曾經擔任建設大臣，她也算是出身於政治世家。二十六歲當選國會議員，三十七歲就入閣出任郵政省大臣，創下史上最年少擔任閣員的紀錄。二〇〇五年小泉總理推動郵政民營化，聖子公然反對，被小泉視爲造反派，竟然故意在國會大選中派出美女刺客候選人到她的岐阜縣選區參選，要把她拉下馬來。這項謀刺計畫沒成功，選後沒多久又被小泉以幾近開除的方式『勸告離黨』。當了一年多無黨籍議員，又經歷了執政黨大敗、政權輪替，自己也慘遭落選的失敗教訓，直到二〇一二年才又站上黨三役的總務會長寶座。不過，除了雲霄飛車一般的政治經歷之外，影響她心境最大的，其實另有原因。」

「什麼原因？」

「是孩子，而且是個很特別的孩子。聖子有過一次婚姻，雖然很期待生育，但是嘗試了所有治療不孕的方法，都沒能成功，最後婚姻也宣告結束。四十九歲那年，聖子決定採用匿名捐贈者的精子進行人工試管受孕。沒想到，產下來的嬰兒因爲先天腦部梗塞的後遺症，不但半身麻痺，還因爲氣切導致連發音講話的能力都沒有。雖然有人說，生養身心障礙孩子的父母很可憐，聖子卻認爲，這樣的孩子對她而言，卻有著特別的意義。」

「怎麼說呢？」

「聖子說：『政治本來應該爲弱者服務，但是在永田町待久了的人，眼中往往只看到權力、位子和利益。這種情形，男女皆然。擁有一位身障子女，正好讓身在其中的我，回歸到爲弱者出力這樣的政治家應有的原點。』所以，現在的她，沒有政務官身分、沒有派閥牽制束縛，反而可以將所有心力投注在為身心障礙者、為高齡老年人、為中低收入階層女性這些社會弱勢者，打造更完善的環境而努力。」

「在苦難磨練中發現使命、承擔責任，眞是了不起。」

「數字1，像聖子這樣的女人，如果能朝著高階超越的方向提升，就是1的美好典範。」

「除了野田議員，今年的日本可眞是女性出頭的一年。小池百合子和蓮舫這兩位，妳不也都認識嗎？」

「認識，只是沒那麼熟。小池議員和執政黨絕裂，不惜違反黨紀，參與東京都知事改選。沒有想到，孤立無援、孑然一身的她，竟然打敗了有組織、有資源的一群老男人。東京都有超過十六萬名公務員，年度總預算三十九兆，超過世界上大多數的國家。小池都知事就任之後，首先就拿奧運會開刀大砍預算，並對取代築地市場的豐洲新市場弊案展開調查，讓很多政客官僚心驚膽顫。然後，又在颳起『小池旋風』之後，立即成立培養政治幹部的『希望之塾』，招生時報名人數爆滿，高達四千多人爭取入學資格。這股聲勢，使得執政黨不但不敢將她開除黨籍，還積極謀求修復關係。」

「相對於小池的超人氣，蓮舫好像就沒那麼受歡迎了。」

「兼具日本台灣雙重國籍的蓮舫，一向爭議性就很強。不過，她能成爲一九九〇年以來日本首位女性、更是第一位混血身分的主要政黨黨魁，也是很不容易的。雖然很多人批評她愛作秀、厚臉皮、沒知識、男女關係複雜，甚至在民調中還高居日本民眾最討厭的女人第一名。那又如何呢？蓮舫的所作所爲，哪一樣不是歷來男性政治人物都會做的事？爲什麼同樣的行爲發生在女性身上，就必須承受男人不需要面臨的壓力？」

「感覺上，日本政治也進入女性領袖的時代了。這兩位女性政治領袖的數字是什麼呢？」

「小池是數字3，蓮舫則是數字8，對照起來都很符合她們的性格特質。」

「野田議員送妳越前蟹丼飯，總理夫人該不會也是送螃蟹料理吧？」

「當然！誰教我生日正好是秋蟹的季節？昭惠寄來的是中國的陽澄湖大閘蟹。這沒啥稀奇，稀奇的是，烹調這公母各一打大閘蟹的餐廳，是東京神田的『漢陽樓』，它的來頭可大了！」

「漢陽樓的店名我聽過，詳細背景就不清楚了。是有多麼稀奇啊？」

「能被青年時期留學日本的周恩來總理寫進他的《十九歲的東京日記》，你說稀不稀奇？周恩來在日記裡清楚地寫著：漢陽樓是召開中國同學會每月例會的場所。一九一七年到日本求學的周恩來，不過是個十八歲的年輕人，就已經是熱血的革命青年了。漢陽樓創立於一九一一年，因爲地點位於當時東京帝大中國留學生群聚的舊書店街町附近，不但周恩來常去，中國革命黨的人士也很喜歡在店裡集會聚餐。直到現在，漢陽樓還有一道料理叫作『孫文之粥』，據說是從前專門爲腸胃不好的孫逸仙調製的呢。」

「有這一層歷史淵源，果然讓大閘蟹身價跟著稀奇起來了。就不知道烹調的功夫如何？」

「漢陽樓創始的店主是中國江浙人，提供的是道地江浙料理，傳到現在第四代了，手藝應該不差才是。昭惠說，大閘蟹的料理方式有兩種，清蒸和用紹興酒浸泡一個星期的醉蟹，反正，吃了才知道。」

「看起來，生日送螃蟹可能成爲總理夫人和野田議員每年爲妳慶生的方式了。對了，總理夫人最近好嗎？之前媒體報導她以私人名義走訪了珍珠港，並且到亞利桑那號戰艦紀念館獻花致意。這是自從二次大戰結束以來，日本第一位現任總理夫人，以實際行動對美軍表達哀悼之意，引起了廣大而正面的迴響。」

「那是二〇一六年八月間的事，跟總理去巴西奧運閉幕式扮演超級馬力歐同一時間。昭惠跑去夏威夷，『不小心被偷拍』到獻花致意的畫面。不過，這次被偷拍，比起上次在居酒屋被拍，社會大眾的反應眞是天差地遠。」

「眞是高明。這種高招，該不會是麗子大師傳授的錦囊妙計吧？」

「你說呢？不然，怎麼每年生日有不一樣的螃蟹吃？」

吃飯不談正事，是藤原家的規矩。閒聊到這邊，京林泉以秋末冬初當令食材製作的前菜已經上完了。那是：京都丹波生產的大松茸、百年老店「半兵衛麩」的栗麩天婦羅、產於德島稱之爲「鳴門金時」的番薯、加上醃漬新鮮牛蒡。

「除了送螃蟹的兩位日本朋友，那次在大阪阿倍野壽司．萬聚餐的兩位美國女性高階主管呢？也祝妳生日快樂了嗎？」

「梅麗莎比雪柔還早在臉書上向我道生日快樂。她現在可清閒了。二〇一六年七月，雅虎被美國電信商 Verizon 以四十八．三億美元收購。雖然這個價格還不到二〇〇〇年市值一千兩百五十億美元的零頭，不過懷抱黃金降落傘的梅麗莎還是可以拿到超過兩億美元的資遣費，足夠快樂過日子。最快樂的是，她生了一對雙胞胎女兒，現在正是最可愛的時候。對了，我還得給雙胞胎準備禮物才行。」

「失去事業、得到家庭的現象，好像不分東西方，舉世皆然。那麼，失去丈夫悲慟不已的臉書營運長雪柔．桑德伯格呢？她走出傷痛了嗎？」

「這個我知道。」說話的是凡一，這一年來，他和雪柔在臉書上成爲好友後，一直持續關注著雪柔的動態。「何止走出來，還跑得更遠呢。幾年前，雪柔阿姨以自身經驗爲證，寫了一本探討提升女性領導的書《挺身而進》（Lean in），並且，以『Lean in』爲名，成立了促進女性成長爲宗旨的非營利組織。本來書賣得不怎麼樣，組織也運作得普普通通。阿姨的丈夫過世這件事，一方面讓她學會了從巨大的痛苦艱難中如何繼續『挺身而進』，一方面讓世人看到而且感動於她的堅毅勇敢和至愛摯情，沒想到，這本書又重新回到了暢銷排行榜，Lean in 非營利組織鼓勵女性自主成立小型同儕團體『Lean In Circle』，也迅速蓬勃發展。如今，全美國已經有一萬三千多個 Lean In Circle 了，很厲害吧。」

「數字6的最高境界就是天使心、菩薩道、悲憫眾生、大愛無我，雪柔這樣的女人，眞把這一點發揮到極致了。」

「數字的女人們既然聊開了，乾脆一個個回顧每一位這一年來的變化發展，不是也挺有意思的嗎？」進三提議。的確，埋首於中古、上古世紀甚至史前時代人類文明研究的他，已經很久沒從麗子這裡更新數字女人的訊息了。

「可以啊，我知道你和凡一都很感興趣。從後面倒數過來好了。數字9的脫口秀女王歐普拉地位穩若泰山，最近的發展是，本來體重也穩若泰山的她，這一年來成功減重到幾乎判若兩人的窈窕，『歐普拉的減重之旅』已經成爲美國居家婦女最夯的話題了。」

「那不就和我差不多。」鍛鍊有成的進三說。

「全身充滿商業細胞的歐普拉才不會偷偷躲起來減肥就算了，當然會將減重成果轉化爲巨大商機：她出版了新書《食物、健康與快樂》，內容強調『身體與靈魂：歐普拉如何發現與食物和平共存之道』，哪個女人不會被這樣的標題打動！不只出版新書，後續配合健康減重而衍生的料理食譜與教學課程等潛在市場，她都開發出來了。」

「眞是一位行銷天才。同樣是減重健身，像我這種象牙塔裡的研究者就想不到如何創造附加價值。」

「要像歐普拉這種掌握媒體優勢的數字9，才能這樣子無中生有啊。」

「說到歐普拉，讓我想起了那位促成妳們見面的混血選美小姐宮本・雅莉安娜，她現在怎麼樣呢？」

「雅莉安娜剛剛才 line 我，說人在鹿兒島，陪伴她的是心愛的哈雷重機。她參加世界環球小姐選拔，雖然沒能進入決選，但是所帶起的社會省思卻比獲得個人名次更有意義。今年日本『世界小姐』選拔，奪得后冠的竟然又是一位混血佳麗吉川．普莉安卡，父親是印度人，母親是日本人。吉川和其他有色人種的混血日本人一樣，在成長過程中備受歧視，覺得自己從小就被當作『細菌』看待。不過這次她成爲選美皇后，網路上尖酸刻薄的批評攻訐比起去年雅莉安娜所遭受到的要少得太多了。看來不論膚色爲何，混血兒成爲日本的代表人物已是一件稀鬆平常的事，這眞是雅莉安娜對這塊土地最大的成就貢獻。雅莉安娜說接下來她想到美國就讀法學院，將來成爲一位能爲遭受歧視的人們伸張權益的律師。你知道這小女生準備專攻什麼領域嗎？」

「到美國念法學院，該不會要專攻 torts，侵權行爲法吧？」凡一說道。

「非常接近，她打算研究如何從侵權行爲來規範網路霸凌，有趣吧！」

「那些在網路上亂說話的人可得小心了。接下來是數字8的巴西總統，不，是前總統羅塞芙。巴西國會對她發動彈劾的理由是：『操縱預算以隱藏日益增加的財政赤字。』連我這種不太懂政治的人聽起來都覺得荒謬極了。」進三說道。

「如果用這種理由可以罷免國家元首，全世界的政府都要垮台了。不過這也顯示不管敵對政黨、檢調司法如何羅織罪名，還是沒辦法找到羅塞芙貪贓枉法的證據。最後欲加之罪何患無詞，就隨便安個罪狀算了。羅塞芙在國會答辯時說：『這是政變。』其實一點也沒錯。」

「對啊，還害我們家去不成巴西。」

「總不能在人家內外交迫、四面楚歌的時候，還跑去作客遊玩吧！不過從年初彈劾案啓動，五月份眾議院通過，到八月底參議院投票確定，過程中我都和羅塞芙總統保持密切聯繫。她還滿重視我的意見，我們反而在併肩作戰中成了好朋友。這次彈劾，其實代表了跨國企業利益、都市資產階級，加上傳統保守勢力既得利益者，趁經濟景氣衰退所發起的政治大反撲。在殘酷的實力廝殺對抗之下，最後的結果也有一部分的妥協讓步，羅塞芙雖然失去總統寶座，但是參議院並未通過褫奪她政治權利的決議案，保留了她二〇一八年再度參選總統的資格。」

「發動彈劾政變，接替總統職位的副總統特梅爾（Michel Temer）上任之後，好像做得也不怎麼樣。」

「不但經濟毫無起色，五月組閣到現在，內閣部長因濫權醜聞下台的已經有五位了。羅塞芙今天一邊祝賀我生日快樂，一邊說下星期還將爆發一個弊案，有個部長要下台。特梅爾自己也是涉案累累，弊端叢生。」

「所以妳認爲羅塞芙前總統的政治生命還沒結束囉，是嗎？」

「數字8的女人，又是馬克思好戰主義者出身的政治領袖，在軍事獨裁專政時期連刑求都經歷過了，哪有這麼容易被打倒？後頭還有好戲可看呢。」

「連同巴西的羅塞芙在內，今年南美洲的三位女性總統似乎都時運不濟耶！阿根廷的前總統費南德茲（Cristina Fernández Kirchner）被控告危害國家財政，遭到起訴；智利總統蜜雪兒・巴切特（Verónica Michelle Bachelet Jeria）則因媳婦捲入醜聞而支持度重挫，人氣跌跌不休。」

「一位研究性別政治學的教授賈拉爾伊札（Farida Jalalzai）就說，女性領袖必須概括承受男性貪腐所造成的所有衝擊，這種現象的背後，就是性別因素。不過拉丁美洲這三位總統的遭遇加起來，都還沒有我們亞洲鄰居南韓的朴槿惠大統領悽慘。」

「朴大統領剛好是下一個數字7。」

「繞了一圈親中反日的彎路之後，眼看好不容易，朴大統領的國家政策逐漸回歸到美日韓安全保障體制的架構，日韓關係也步上穩定正常化的軌道了，本來期待她可以有一番作爲的，竟然就爆發了『閨密門』事件，眞是可惜！」

二〇一五年十二月八日，日韓兩國就慰安婦問題達成協議，雙方達成共識：日本政府撥款十億日圓，資助由南韓政府所設立的慰安婦救助基金。日本外務大臣強調：「這並非賠償，是恢復慰安婦名譽與尊嚴的救助計畫。」繼續站穩依據一九六五年日韓協定中「請求權問題已解決完畢」的立場。大概擔心韓國人出爾反爾說話不算數，此次協議特別加入了「最終，不可逆」的字眼，意即，這件事就「到此為止」，而且「不能反悔」。同一天，日本首相也正式為慰安婦問題表示道歉。

「日韓之間能夠在慰安婦問題上得到解決，若沒有朴槿惠個人意志的強力貫徹，是不可能實現的。憑心而論，這眞的是一項重大成就。雖然我國總理正式的公開道歉了，對這一協議，南韓社會人民仍然發出了激烈的反對聲浪。但是，如果不能彼此諒解地擺脫過去的桎梏，就永遠無法朝著未來邁步出發了。」麗子說道。

「可是設在日本駐韓大使館前以及各地的慰安婦鑄像，好像都還是矗立得紋風不動耶！」凡一說。

「對這件傷害日本國民情感的事情，韓國外交部長在日韓協議共同記者會中只是說：『將努力與相關團體協商，適當地解決。』也就是根本還沒解決啦！」

「除了日韓關係，美韓關係也有什麼改善進展嗎？」進三問到。

「有啊！南韓政府和美方商定，讓薩德（THAAD，戰區高空飛彈防禦系統）部署在朝鮮半島，名義上是要對抗北韓的核武威脅，氣得跳腳的卻是中國政府。因為薩德的偵蒐範圍極大，涵蓋整個東北亞，包括日本列島，一旦進駐，將使得中國火箭部隊的飛彈攻擊威懾能力大為降低，這也就是北京政府這陣子在影音文化娛樂產業上發動抵制韓劇、韓星、韓國歌曲及電影的原因。純粹就是爲了教訓朴槿惠引進薩德。」

「難怪有人說閨密門事件是北京政府透過在中國有大量投資的三星集團編導引爆的，因爲事情的啓端，就是從三星旗下的媒體報導開始的。」

「這我就不知道了。這個事件充滿了：妖僧作法、閨密干政、金權交易，聽說檢調還在青瓦台大統領府內搜出了用公款購買的三百六十顆威而剛，這麼多這麼刺激離奇的內容，使得許多人用一種獵奇的、窺伺的有色眼光在看待整起事件，戲劇化的結果變成了膚淺化、庸俗化，反而很少看到深刻的省思和更本質性的探究。最近專心研究信仰心理的你，有什麼看法呢？」

朴槿惠的閨密崔順實，在整起事件中被定調爲妖僧、神棍、會作法的攝政王，起源於這位被形容爲將朴槿惠的心靈控制到幾成傀儡的「國師」，她的父親崔太敏早在一九七五年朴槿惠的母親遭暗殺的一年後，就開始介入干預其生活。崔太敏自稱是牧師，又融合了佛教、基督教、天主教和本土的祕教儀式，創立「永生教」自任教主。聲稱能夠通靈，讓朴槿惠的母親附身和她說話。透過通靈之術成爲朴槿惠的心靈導師之後，崔太敏隨之以牧師爲名創立「大韓救國宣教會」的「愛國宗教組織」，後來又轉以「志工團」名義向會員及企業進行募款，吸收大筆資金，全盛時期信徒超過三百萬名，朴槿惠也親自出任名譽總裁。崔太敏甚至宣稱，自己和朴槿惠是「精神世界的夫妻」。年紀只小朴槿惠四歲的崔順實，從父親和朴結緣開始，先是以志工團大學生會長的身分擔任朴槿惠的跟班，崔太敏死後，進一步取而代之成爲朴槿惠唯一信賴的人。

「有些媒體報導，崔太敏、崔順實父女控制朴槿惠身心狀態的程度，可比二十世紀最惡名昭彰的魔僧——帝俄末代沙皇尼古拉斯二世寵信的東正教神父『拉斯普丁』。拉斯普丁號稱靠神力治癒生病的皇子，取得沙皇夫妻的信任，一手擺布政事，後來遭到貴族聯手誅殺，但帝俄政權也滅亡傾覆了。拉斯普丁這個名字，於是成爲神棍弄權禍國的代名詞。」進三繼續說道：「從個人心理學的角度來看，朴槿惠的現象並不特別，當時，年輕的她必須代替死去的母親肩負起第一夫人的角色，身處在專制獨裁體制的深宮政治環境中與人周旋，她內心極度的孤獨寂寞是可想而知的，極度渴望依靠的心靈，在神力的展現下遭到滲透乃至於牽制，也是其來有自的。」

「懷疑，是數字7低階的特質，加上恐懼之後，會抹滅掉她的理智，變得高度神經質，甚至產生身心剝離症。這時候，數字7的人往往會朝向未知、非理性、超自然的方面去尋求依靠。」

「除了個人因素之外，朝鮮民族的宗教文化內在精神結構，也是一個值得檢視的層面，雖然韓國的信仰傳承已經超出我的研究範疇就是了。」

「怎麼說呢？藤原進三教授應該還是滿了解的，換我請你指導開示了。」

「韓國的天主教勢力非常龐大，可是大多數人並沒有注意到，在基督宗教傳布史上，朝鮮半島接受天主教的歷程，是一段舉世罕見的『不由司祭傳教，只憑文書到訪』的特殊歷史。也就是說，西方傳教士還沒有踏上這塊土地傳播福音，大韓民族就已經開始接受基督信仰了。」

「哦？這眞的很特別，在別的東方國家都還要靠船堅砲利加麵包牛奶才能傳教，韓國人怎麼這麼自動自發？」

「和政治社會文化的發展有關。十六世紀以來，黨爭始終是朝鮮王朝的嚴重問題，直到十八世紀之間，黨爭的激烈衝突，衍生了許多政治社會不公的現象。當時的儒家學者不斷地挖掘這種問題的根源，一直探索到自己民族性格中最爲幽暗的層面，才確定了黨爭之禍其實肇因於朝鮮人人性中最爲黑暗的特質：『妒忌』。」

「妒忌？這不是平常人格特性中多少都存在的一部分嗎？就算朝鮮民族特別強烈好了，找出這個病因，解藥又在哪裡呢？」

「就在這個時候，一部在清代中國乏人問津的耶穌會教士龐迪我的著作《七克》傳入朝鮮半島。朝鮮的儒家學者結合這本書的天主教義和儒家學說，找到了克除妒忌、消滅黨爭的辦法，希望由此重建朝鮮成爲一個『至公』的社會。於是，就自行組成了朝鮮天主教會前身的『天眞庵講學會』。傳教士還沒到來，韓國人就開始信仰天主了！」

「這些儒家學者爲了幫自己的民族找出路，爲了追求更理想的政治社會，也眞是用心良苦。他們對朝鮮民族性格的診斷也是一針見血、正中病因的。妒忌，是數字7的本能反應，也是這個民族的集體性格特徵，這個情形，好像沒有因爲天主教在朝鮮半島蓬勃發展而得到緩解改善。」

「不但沒有，各式各樣的天主教、基督教團體，反而形成了另一個『黨爭』的生態圈，而且還擴散引起了政治的紛亂和社會的對立。當然，傳道者中也不乏具有眞知灼見信仰堅誠的使徒，但是，這些少數的堅信者，卻往往不願意與主流宗教組織合作妥協，而遭受所謂正統教會無情殘酷的打壓迫害，創立『基督教福音宣教會』的鄭明析牧師就是一個令人悲憤的例子。像鄭牧師這樣一位主張親身聆聽神啓，宣揚上主在現世復臨的傳道者，竟然被正統教派視爲異端，並且遭到司法機關以極其荒謬的罪狀下獄禁錮。而一個在日本統治時期當過警察，出家做過和尚，從沒獲得牧師資格卻自稱牧師，又自創教派搞通靈的人，父女相承假神亂政，弄得一個國家政府完全失能停擺。兩相對照，不得不讓人感慨：這是什麼樣的政治社會？這是什麼樣的宗教文化？」

「難得看你這麼情緒激動，義憤塡膺。這一陣子，每個週末數以百萬計的南韓人民走上街頭要求朴槿惠下台。抗議的民眾中，有高中生、大學生，更多的是穿著西裝打著領帶下班趕來的年輕上班族。南韓的年輕人眞的太辛苦了，首爾市民要三十八年不吃不喝才買得起房子，國家政策、財政預算全數傾注在大企業財閥，前七大集團營收竟然超過全國年度GDP的一半。升學競爭之激烈，進大企業才算出人頭地的壓力大得超乎想像。朴槿惠當初競選的口號是消除財閥特權，創造青年幸福，但如今，韓國年輕人的失業率高達12.5%，有工作的三成是派遣工，怎麼會不在失望中哭泣吶喊呢？朴槿惠宣稱自己是無父母，無丈夫，無子女的三無女，是嫁給國家的女兒。如今，人民已經不認爲她是韓國的女兒，她已經成爲韓國的孤兒了。

「在冰天雪地中，上百萬人頂著刺骨寒風，捧著燭光呼喊，他們呼求的，不只是大統領下台，更是那個始終不曾實現的幸福允諾啊！」

「我一直不認爲，深層傳統文化的負面因素，是一個民族國家永遠無法擺脫的魔咒。一九九七年亞洲金融風暴重創南韓經濟，那時，全國上下不分男女老幼，把自己的積蓄、家裡的黃金拿出來，幫助政府度過財政難關，沒多久，經濟又奇蹟似地恢復成長，令我印象很深。這次，閨密門事件造成政局這麼大的動盪，可是，我們沒有看到社會失序混亂，百萬人集結的抗議示威行動井然有序，激情，但是沒有激烈的暴衝。這讓我感受到，南韓已經是一個相當成熟的社會了。數字7的人、數字7的民族如果能夠朝向高階的方向提升，不是都會像朴槿惠的結局一樣的。只要衷心感恩、祝福，見證快樂幸福的奇蹟終究會有實現的一刻。朴槿惠是一個悲劇性的故事，不代表韓國人民的命運必然就是悲劇。」

「人民要她下台，國會也準備發動彈劾，朴槿惠的大統領寶座還能坐多久呢？」

「不管彈劾是否通過，或是修憲縮短任期逼她下台，都沒差別。一位民意支持度只剩5%，甚至年輕人支持率是零的國家元首，在民主政治中，都已經失去行使權力的基礎了。下不下台、何時下台，只剩下其他政客的算計，對朴槿惠而言，實際上都沒分別了。」

在對話之間，京林泉的天婦羅主菜已經上完了：兩尾明蝦，是駿河灣捕獲的「櫻海老」；四品魚介海鮮，是桑名海濱的大蛤，當日現撈的銀魚，明石港的活章魚，以及日本海的雪蟹。九種蔬菜則包括了：京都的加茂茄子、伏見紅辣椒、北海道甜玉米、蓮藕、蠶豆、毛豆、京蕪、白蔥、海帶芽。品項雖多，分量很少，每道都只有兩口而已，卻是精采紛呈，滋味無窮。藤原一家三人品嘗美食不受講話影響的本領是家學淵源之一。

「講完悲劇的朴槿惠，乾脆先解析另一位悲哀程度或許不遑多讓的女性，妳的好朋友希拉蕊好了。這次意料之外地落選，她的心路歷程，妳應該最清楚了。」

「至少，是有一些近距離的接觸和體悟。敗選的那個晚上，希拉蕊在一路落後的過程中，其實還在等待奇蹟。直到午夜一點半川普確定拿下超過當選所需的兩百七十張選舉人票門檻，她的心理狀態，仍然沒有辦法相信、接受這樣殘忍的事實。我了解她的失望打擊有多麼巨大，可是，必須有人在這一關鍵時刻推她一把做出正確的決定，於是發了一個推特給她：『放下吧！祝賀敵人，團結國家。』凌晨兩點半，希拉蕊致電川普恭喜他獲勝。川普在接到電話之後，才馬上發表當選感言。」

「打這通電話，實在是對人性最嚴酷的折磨與考驗！」

「是啊，希拉蕊不得不接受，但也通過了這個考驗。從選前一路聲勢看好到情勢逆轉，最關鍵性的衝擊因素是，FBI破壞美國司法部門不介入大選的傳統，違反不得有影響選舉結果行動的慣例，竟然在投票前十一天宣布重啟對希拉蕊電郵門案件的調查，這等於在全國選民面前公開質疑希拉蕊的誠信和聲譽，並且暗示了後續可能會追訴法律責任。對這一場突如其來猶如噩夢般的震撼，我們看到希拉蕊自始至終都保持了理智，提出必要的反駁，但是尊重司法機關的職權，而不是暴跳如雷、潑婦罵街，無限上綱地牽扯政治陰謀論、抨擊司法不公。」

「這個過程，我知道妳和她都有密切的聯繫。」

「其實，電郵案重啓調查的當天，選情就逆轉了，民調立刻從領先變成落後，我心裡隱約有了大勢已去的預感。雖然FBI在投票前兩天又極其荒唐地宣布查無犯罪行爲的新事證，將電郵門事件以不起訴結案，但負面效應充分擴散之後，已經無法清洗挽救了。」

「除了電郵門這個單一事件，左右這場大選結果的應該還有其他因素吧！」

「主要有兩個層面：大環境的變化和希拉蕊與川普個人特質的差異。先從個人特質談起，我很喜歡從一個角度觀察判斷民主國家的領導人：他的演說能力和領導力之間的正相關效應。這項評判標準，尤其在美國這個國家更是有效準確。演說愈是能夠感染群眾、打動人心、鼓舞勇氣、展現願景，帶來希望與信心的政治領袖，他的領導能力就越強。因爲，一位能夠讓人民內心深處產生共鳴的領導人，才能夠將他的政治魅力結合民意的支持，轉化爲駕馭權力機器、實現理念目標的力量。美國歷史上受到歡迎愛戴的總統，都是演說高手。一九六〇年代的甘乃迪，一九九〇年代的柯林頓，現在的歐巴馬，每一位的演說能力都是超一流的。」

「歐巴馬總統的演說功力，我曾經身歷其境，眞的有被他電到的感覺。二〇一六年五月二十七日，他作爲第一位訪問廣島原爆地點的美國現任總統，在廣島和平紀念公園發表演說，那場典禮，我也受邀參加了。本來大會預定行程是由歐巴馬做一個一分鐘的簡短致意，沒想到他一開口，立刻讓我震驚地感覺：『這不是照稿宣讀，這是脫稿演出的即席演講。』果然，歐巴馬這一講，足足講了十五分鐘，用他自己的話，自己的語言文字，講出他的心聲，也講出人類共同的祈願。在場的人無不動容，這場演說的內容，勢必成爲歷史上的經典名作。」

「歐巴馬在這場演說中，有這一段動人心弦的話：『總有那麼一天，核爆受害者的聲音將消失。但八月六日的痛苦絕對不會消失。由於記憶，傲慢之心將被抑制，這一記憶將激發道德上的想像力，推動變化。』他還說：『廣島和長崎並非核戰爭的拂曉，而是道義上覺醒的開始。』這種精神，這種胸懷，不只對於原爆，對於所有的戰爭以及人類彼此加諸的苦難傷痛，都應該一體適用才對。」能夠記誦歐巴馬廣島演說全文內容的，在座只有記憶力超群的凡一。

「不只歐巴馬演說厲害，他的太太蜜雪兒的演說能力也是無與倫比地強。之前在民主黨總統初選提名的黨代表大會上，她力挺希拉蕊的那場演說，也感動了無數人。我記得，她是從一位媽媽的立場出發，以『一個總統要做的，是爲孩子留下更美好的世界。』作爲主題，呼籲人們做出正確的抉擇。凡一，你還記得蜜雪兒演說中說了哪些話嗎？」麗子最近覺得記憶力有些減退，乾脆問兒子比較快。

「她說：『我要的是一個教導孩子，每個人都重要的總統。他相信美國開國時的諾言，每個人都平等，每個人都是美國歷史長河裡重要的一環。』這大概是針對川普種族歧視偏見而說的。她還說：『當我的女兒們準備起身探索這世界時，我需要一個不辜負所有孩子期待的總統，我需要一個每日以愛、希望，看似不可能的夢想作爲最高指導方針的總統。』這就是在突顯川普性格的衝動不穩定又憤世嫉俗了。她還說自己期待：『因爲希拉蕊，我的女兒們，以及這個國家的兒子與女兒們，能夠將女人角逐美國總統視爲理所當然。』這很清楚是在強調川普的大男人沙文主義了。」

「眞是高明！義正辭嚴的正面表述，卻又同時狠狠地修理對手。凡一，你的確聽到她的弦外之音了。我記得蜜雪兒推崇希拉蕊是一位持續衝撞著女性從政那高且硬的透明天花板，直至敲出巨大裂痕的人。可惜希拉蕊功虧一簣。現在，人氣高漲的蜜雪兒，在蓋洛普民調中享有79%的支持度，比她老公還受歡迎。已經有無聊好事者在推測她會不會出馬角逐總統職位了。」進三說道。

「數字2的蜜雪兒應該沒興趣吧！這位哈佛法學院畢業的律師，當了八年的第一夫人之後，說她充滿感恩但不戀棧，她直言美國民主制度設計的精神，是大權在握還是得體會民間疾苦，住在白宮卻是『與世隔絕』，所以，『兩任，八年，夠了。』實在頗有智慧。」

「你說從演講可以評判政治人物的領導力，眞的很有道理，那麼希拉蕊的演說能力，又有什麼問題呢？」

「希拉蕊的演說，我曾經現場聆聽過許多次，內容、邏輯、分析、說理，乃至於政策目標、願景擘劃，都沒有問題。可是聽完之後，總覺得似乎少了什麼，後來才發現，少的東西叫作感動。可是，她的演說爲什麼缺少感人的力量，卻也始終不明就裡。直到那一次在爭取民主黨內提名的辯論會中，聽到她的對手桑德斯發表演說我才恍然大悟。」

「爲什麼？七老八十的左派代表人物桑德斯，能夠對希拉蕊的演說缺陷有什麼啓發？」

「聽桑德斯演講很費力，他的聲量很小，話像在嘴裡咕噥，自己唸唸有詞，好像一位老爺爺坐在火爐邊說話給兒孫聽。可是愈聽他說，就愈被吸引進去。因爲，聽者會不自覺地被他的眞誠感染浸潤，而逐漸融合在他話語的頻率脈動中。那時，桑德斯娓娓道出中下階層人民的貧苦，應該如何給予更多教育資源來改善。一位坐在我旁邊的年輕民主黨員聽著聽著，忍不住流下淚來。事後，這個來自俄亥俄州的女孩跟我說：他眞的了解我的心。原來，這個女生畢業六年了，還在爲償還大學學費貸款而苦。這個經驗讓我頓時醒悟，希拉蕊的演說爲什麼感動不了人，因爲，她太用力了！每次演講都使盡全力，從頭到尾，每個段落、每個句子都很用力。然而，愈是用力，眞摯眞誠眞情流露的那一部分就愈是流失。愈是用力，人們就愈是無法被打動震動感動。」

「我可不可以從心理分析的角度，揣測希拉蕊演說時不自覺大聲用力的原因？我認爲，她是害怕人家不相信她說的話，爲了讓大家相信：我說的是實話，每一個字、每一個句子，都是眞的，她拚命用力強調，拚命提高聲量。結果，完全適得其反，人們反而無從感受到她的眞誠而愈發地不相信。是不是這樣？」

「完全正確！之所以如此，還是得追蹤到多年前的那次傷害。陸文斯基事件爆發之後，一開始，希拉蕊竭盡所能地公開爲老公辯護，指天發誓她相信也願意爲柯林頓作證，絕對沒有性醜聞的行爲。結果，事件眞相隨著調查揭露曝光後，發現她的相挺證言，全部與事實不符。從此，希拉蕊的身上被烙上一個說謊者『liar』的印記。誠信，成爲她從政生涯最被質疑的人格弱點。說話，尤其演說，習慣大聲用力的缺點，也就再也改不過來了。」

「眞的好可憐喔。」凡一忍不住同情地說。

「數字2的希拉蕊，終究還是擺脫不了2的生命功課，只是老天爺給她的課題也太艱難了！」

「敗選之後，她調適得如何呢？」進三問。

「這麼慘重的挫折，調適絕對不是一朝一夕的事。敗選之初，她說她只想找本好書、抱著狗狗，窩在家裡永遠不出門。直到一個星期後，才克服心理障礙參加公開活動，這已經很不容易了。這位回歸平民生活的數字2女性領袖，敗選後第一次面對群眾是這麼說的：『我確信，美國仍是世界上最偉大的國家，這裡仍是任何人可以克服萬難的地方。』『我們要相信我們的國家，繼續奮鬥，因爲美國值得，我們的孩子値得我們這樣做。』不管心中還存在著多少的失落痛苦，承受這麼巨大的打擊，還能夠說出這番話的希拉蕊，或許，她眞正的生命意義，是從這裡開始轉變、發現的。」

「妳的諮商建言，應該也是一股重要的助力吧。美國這場總統大選，讓很多人對民主政治的價值和功能起了質疑甚至否定，對這一點，妳有什麼看法呢？」

「選舉過程中的惡劣手段，社會的對立撕裂，以及竟然讓川普這樣充滿爭議色彩的人當選，是造成民主政治受到懷疑的主因。簡單來說就是，大家擔心民粹主義的興起，會不會破壞了民主政體的機制與效能。我的看法剛好相反。川普勝選、羅塞芙下台、朴槿惠失權，正好彰顯了民主政治雖不完美，卻沒有更好的制度可以取而代之。川普所代表的，是全球化經濟浪潮下，失去國家照顧的非都市地區中下階層人民。是新自由主義政策下，解除政府管制，放任企業掠奪，而生活在極端貧富懸殊環境裡的人民。是主流政治、媒體決策精英們遺忘忽略，受苦掙扎而亟欲改變現狀的弱勢人民。若不是民主政治提供這些人民有機會選一個能夠反應他們痛苦的人出來領導國家，受苦的人要尋求改變，除了革命抵抗，還有第三條路嗎？若不是憤怒的人民以實際行動表達了他們的不滿，再加上國會和司法機關的權力制衡，手握三軍統帥大權的朴槿惠大統領，會因爲她的失職濫權而得到相應的懲罰嗎？就連羅塞芙的下台，若不是出自於對民主體制的遵從和約束，面對這種不合理的政變或彈劾，說不定就此展開一場暴力相抗，屆時國家就眞的毀了。希拉蕊接受選民的抉擇，朴槿惠屈服群眾的壓力，羅塞芙遵守憲法的規定，這，不都是民主的精神和眞諦嗎？我覺得這幾位女性領袖都是民主政治的典型人物，換成男人，說不定這幾個國家早已經動亂分裂了！」

「女性角色與民主政治的運作，這倒是個不錯的議題，有待麗子老師深入研究了。女性政治人物也不盡然都是失敗的，還有一位現在被西方自由世界視爲中流砥柱的梅克爾總理，不是嗎？」

「梅克爾在過去一年來也是大起大落的，幸好，數字4的她，終究還是能展現出責任、規範、穩定性這些4的能量特質，才會峰迴路轉、谷底反彈。」

「此話怎講，願聞其詳？」

京林泉天婦羅料理名店的招牌主食，是用瀨戶內海的牡蠣做成的丼飯，搭配關西特有的紅味噌湯和京都漬物。特選不太大顆的生蠔炸起來的口感，柔嫩Q彈又滿溢著海洋的原味，麗子和凡一都各自追加了一份。師傅準備端出的甜點是秋天當令的柿子和抹茶提拉米蘇，飲品也換成玄米煎茶了。

「問題還是出在難民政策上。去年秋天，梅克爾以一句被德國語文協會選爲年度十大用語的

『我們做得到』（Wir schaffen das），宣布德國將發揮人道精神，收留難民入德。數以百萬計的中東難民受到這句話的鼓舞，立即大規模地湧進德國。霎時間，中東難民危機變成德國難民危機，民意開始轉向，梅克爾的聲望隨之下滑，民調支持率不到一年跌了22%。然後，幾次地方選舉接連遭到挫敗，她所屬的政黨基民盟，甚至在首都圈的柏林邦創下二戰後得票率最低的紀錄，連她自己的家鄉梅克倫堡得票也是歷史新低。可見在人道主義的激情過後，德國人民還是受不了難民遽增所帶來的現實衝擊，逼得梅克爾不得不承認難民政策有錯。她說：『如果時光倒流，我會準備得更好。』可是這時候，反對她繼續擔任總理的民調比例已經高達64%了。」

「那麼，怎麼又會起死回生呢？最近她不是又宣布爭取連任嗎？」

「復活的契機來自於川普效應。川普當選，讓全世界，尤其歐盟擔心美國可能走向孤立主義，更讓歐洲各國內部的極右派政黨勢力大爲振奮。這時候，大家赫然發現，唯一能夠領導自由世界、穩定國際秩序局勢的國家領導人，只有梅克爾一位。英國脫歐了，法國總統聲望跌到不能再低，連任無望，梅克爾頓時成爲了眾人心目中的救世主，連歐巴馬卸任前的畢業旅行都還跑到德國去對她說：如果我是德國人，一定把票投給妳。刻意製造出將『自由世界領袖』的封號交棒給梅克爾的印象。於是，支持梅克爾再任總理的民意支持度又回升到六成。如果明年秋天順利勝選並且任滿四年，她擔任總理的時間將會長達十六年，追平她的政治導師柯爾（Helmut Kohl）創下的二戰後最長紀錄。」

「梅克爾這種在危機中不退縮，在混亂中讓人安心依賴的特質，應該就是數字4的本色吧。」

「你完全學會了！梅克爾在德國的政治綽號是『媽媽』，民眾相信『她知道什麼對我們最好』，這份依賴感，在動盪的局勢中，更突顯出難以替代的價值。現在，西方國家包括德國主流民意，都將她視爲捍衛民主價值的守護者。你看，媽媽也好，守護者也好，甚至救世主也好，這些，不全都是高階數字4女人的代名詞嗎？」

「梅克爾總理，眞的是數字4女人的極致了！可是，除了她以外，我們分析的這些女性領袖，好像都還是很難突破政治的透明天花板或是超越男性權力交易結構的束縛，不是嗎？」

「不會啊！當今世界，除了她們以外，國家領導人由女性擔任的已經愈來愈多了。凡一，你知道還有哪些國家的現任元首是女性嗎？」

「從歐洲數過來，我記得有挪威的首相艾瑪・索柏格（Erna Solberg）；立陶宛總統達拉婭・格里包斯凱特（Dalia Grybauskaitė）；波蘭總理貝塔・希多（Beata Syzdlo）；克羅埃西亞總統科琳達・葛拉巴—基塔諾維奇（Kloinda Grabar-kitarović）。亞非洲有孟加拉總理謝赫・哈西娜・瓦捷德

（Sheikh Hasina Wajed）；賴比瑞亞總統愛倫・強森・瑟利夫（Ellen Johnson Sirleaf）；納米比亞總理莎拉・庫剛吉瓦・阿曼希拉（Saara Kuugongelwa Amadhila）。另外還有南美洲的智利總統蜜雪兒・巴切特。這樣就八個了……。」

「這些現任的女性國家領袖，出身背景、從政經歷都各不相同，但是，每一位身上都有著很精采的故事。像智利總統蜜雪兒・巴切特，和巴西的羅塞芙一樣，早年也曾經是政治犯入獄坐牢，她是數字8。孟加拉總理謝赫・哈西娜的父親，是創建孟加拉的國父，繼承了政治衣缽的她是數字4。立陶宛總統達利婭・格里包斯凱特是空手道黑帶高手，數字5。克羅埃西亞總統科琳達・格拉巴爾―基塔諾維奇現在才四十八歲而已，數字1。賴比瑞亞總統愛倫・強森・瑟利夫更了不起，她是非洲史上的首位民選總統，二〇一一年獲得諾貝爾和平獎，是一位數字6的女性。」

「妳對她們如數家珍，好像又可以寫出一本數字女性系列故事的書了。」

「這麼多國家已經由女性擔任元首了，再加上我們日本女性在兩大政黨的出頭領導地位，你不覺得『女力時代』的來臨已經爲期不遠了嗎？」

「馬麻，還有兩個不知道算不算耶？一位是緬甸的翁山蘇姬，她應該是沒有總統頭銜的總統，另一位是台灣這個不知道算不算是一個國家的總統蔡英文。」

「當然算啊！翁山蘇姬的數字是8，蔡總統則是數字6。同樣的主命數不表示人生的際遇遭逢就會相同，更不代表命運結局會一樣，最重要的還是看她們個人在心性層次上能提升到什麼境界，這就是彩虹數字學解析生命而不宿命的神奇奧妙之處。所以說，翁山蘇姬不等於羅塞芙，蔡英文也不等於雪柔・桑德伯格，主命數相同或許生命課題的性質類似，但是，老天爺給人的命運考驗是千變萬化的。」

「所有的女性數字人物都說完了，只剩下妳自己還沒說到。也談一談數字1的妳吧！」

「數字1就是始終如一，所以我啊，就是沿著生命既有的軌跡，秉持著自我的理想信念，繼續向前走下去。不過，數字1的人，在貫徹專一之中，也是會發現新機會，開創新領域的。因爲藝術、發明、創造，本就是高階數字1的能量形態。比如說，今天早上，我就接到了一項新職位的邀約。」

「啊！眞的？什麼職位？快說快說！」進三和凡一聽到麗子的新職位邀約，都興奮極了。

「生產MRJ新型客機的三菱航空機會社松下正方社長早上打電話來，邀請我擔任他們公司的策略總監。他說全世界的航空機交易都不是一般的商業買賣，背後都有複雜的國際政治經濟戰略考量，需要熟悉國際關係情勢的專家來幫忙規劃發展策略，再加上我的國際人脈關係可以提供這些技術專家比較欠缺的協助，再三考慮，覺得我是不二人選。」

「馬麻，那妳會接受嗎？」

「松下社長的誠意讓我很難推辭，再加上，他提到公司未來發展的願景裡有一項滿吸引我的。他說，商用噴射客機ＭＲＪ已經成功量產了，接下來，三菱航空機將改制爲三菱航太，朝向火星登陸艇和無人機的領域進行研究開發。無人機絕對是未來產業的趨勢，這一點，倒是滿有趣的。」

麗子顯然已經對這項職務邀約仔細評估過了。

「恭喜恭喜！這也算是老天爺在生日這天給擁有許多才能和身分的妳，又一項有意義的新工作當作生日禮物吧！」

「生日快樂！」用餐結束，進三和凡一再次舉杯祝賀。

「接下來，去哪裡？回家嗎？」進三問。

「好不容易來到格蘭比亞飯店，對面的伊勢丹百貨六樓山本耀司專賣店的小姐傳了好多次簡訊給我，秋冬新品到，我一直沒時間。今天天時地利俱備，正好去添購幾件策略總監的新行頭。走吧走吧！」藤原父子二人，懷著對麗子滿滿的感謝與祝福，陪伴著她走向添購新裝的同時，也正走向一段新的人生旅程。

在歷史長河的生命流轉之間，在凝視著這許多不同數字女性時空際遇的片刻，我們看到的，是一幅幅精采多樣女性面貌的匯集，是一股女性力量的翩然崛起，隨之迎面而來的，即將是一個女性風華時代的降臨。

（寫於二〇一六年十一月十八日星期五）

參考書目

書籍

《大轉向：物性論與一段扭轉文明的歷史》，葛林布萊著，黃煜文譯，貓頭鷹出版社，二〇一四年。（〈數字5的女人〉部分內容參考此書）

《希臘羅馬神話：永恆的諸神、英雄、愛情與冒險故事》，伊迪絲．漢彌敦著，余淑慧譯，漫遊者文化，二〇一五年。（〈數字3的女人〉部分內容參考此書）

《流傳千年的古希臘神話故事》，黃禹潔著，知青頻道出版，二〇一三年。（〈數字5的女人〉〈數字7的女人〉〈數字6的女人〉〈數字3的女人〉部分內容參考此書）

《挺身而進》，雪柔．桑德伯格著，洪慧芳譯，天下雜誌出版，二〇一五年。（〈數字6的女人〉部分內容參考此書）

《梅克爾傳：德國首任女總理與她的權力世界》，史蒂芬．柯內留斯著，楊夢茹譯，商業周刊出版，二〇一四年。（〈數字4的女人〉部分內容參考此書）

《關於人生，我確實知道……：歐普拉的人生智慧》，歐普拉．溫弗蕾著，沈維君譯，天下文化出版，二〇一五年。（〈數字9的女人〉部分內容參考此書）

期刊

〈「閨密風暴」擴大 南韓政局陷危機〉，楊虔豪著，《新新聞》，一五四九期，頁八二—八四。（〈數字7的女人〉部分內容參考此期）

〈巴西爲何連明年都復甦無望？〉，李若瑟著，《商業週刊》，一四四八期，二〇一五年八月，頁二〇—二二。（〈數字8的女人〉部分內容參考此期）

〈巴西接棒俄羅斯 是下隻黑天鵝？〉，蕭勝鴻著，《商業週刊》，一四二六期，二〇一五年三月，頁四〇—四二。（〈數字8的女人〉部分內容參考此期）

〈比童屍照更駭人——裘莉揭露敘利亞煉獄眞相〉，鄧麗萍著，《今週刊》，二〇一五年九月十四日，頁四八—五〇。（〈數字3的女人〉部分內容參考此期）

〈打造新德國人 梅克爾要讓難民變移工〉，夏葉著，《新新聞》，一四八九期，頁九六—九八。（〈數字4的女人〉部分內容參考此期）

〈朴槿惠從「跛鴨」變「死鴨」〉，黃亦筠譯，《經濟學人》，二〇一六年，頁二四二。（〈數字7的女人〉部分內容參考此期）

〈朴槿惠陷閨密風暴——遭控傀儡放任貪腐〉，楊虔豪著，《壹週刊》，二〇一六年十一月十日，頁三二—三五。（〈數字7的女人〉部分內容參考此期）

〈東正教聖人千年祭爭取烏克蘭〉，周乃菱著，《亞洲週刊》，二〇一五年七月二十六日，頁四六—四七。（〈數字

3的女人〉部分內容參考此期）

〈梅克爾　跟全球最有權勢的女人，學「危機處理七堂課」〉，田習如、楊少強著，《商業週刊》，一四六八期，二〇一六年一月，頁九五—一一四。（〈數字4的女人〉部分內容參考此期）

〈華爾街最有權力女人投奔Google〉，楊少強著，《商業週刊》，一四二九期，二〇一五年四月，頁二六。（〈數字1的女人〉部分內容參考此期）

〈跛腳的朴大統領讓南韓外交危機升溫〉，顧爾德著，《新新聞》，一五四九期，頁八二—八四。（〈數字7的女人〉部分內容參考此期）

〈踏入「花生醬」陷阱——最美CEO難救雅虎背後真相〉，曾如瑩、莊雅茜著，《商業週刊》，一四三六期，二〇一五年五月，頁五四—五八。（〈數字6的女人〉部分內容參考此期）

〈臉書鐵娘子的悲喜交響曲〉，廖怡景著，《財訊雙周刊》，二〇一五年六月十八日，頁一四二—一四四。（〈數字6的女人〉部分內容參考此期）

〈韓國政治韓劇化的驚奇〉，朴春蘭著，《亞洲週刊》，二〇一六年十一月十三日，頁三八—四〇。（〈數字7的女人〉部分內容參考此期）

〈透視蒙娜麗莎的微笑〉，陳東和著，《科學人》，一六二期，頁四四—四七。（〈數字1的女人〉部分內容參考此期）

論文

《七克是四勿註腳——天主教傳入朝鮮與《七克》一書的關聯分析》，蔡至哲著，未刊稿。（〈女力時代來臨〉部分內容參考此書）

後記

獻給無比美麗的她與她們

這部作品，是一個生日禮物，送給一位偉大的女性，一位數字1的傳奇女子。

每個星期二下午短暫的會面結束，話筒無聲、鐵門降下的那一刻，悲傷湧現心如刀割之際，總萬分無奈地想著，什麼都不能了的我，還能爲她做些什麼？被剝奪了一切後，唯一能做的，只有書寫了。於是，從她生日前的十週開始，九個數字、九個女性人物、九個故事，一週一個故事，直寫到恰好趕在生日時完成、寄出、送達。

如果動筆書寫是一種出神狀態，那麼，構思故事或許就是一種精神相逢吧。故事主角麗子的生命多麼光明璀璨，但是，現實時空中她的境遇卻是何等幽微暗沉。這位身處我們這個世界的數字1女人，必須隻身扛起我撒手拋下的經濟重擔，必須忙碌於大學的任教、彩虹數字的諮商教學、藝術史專書的撰寫；最令她心力交瘁的，是必須不眠不休二十四小時待命照料這一個被三位心理醫師診斷爲四種障礙類型的兒子。

想著每個星期二下午，一天只有三、四個小時睡眠的她，必須咬著自己手臂才不至於行駛在漫長公路隧道時，因爲打瞌睡而追撞前車。想著想著，數字女性人物的形象與故事開始慢慢浮現，而我就在這些情節中與她們相逢。我想像她們的遭遇，從模糊的漂浮粒子到輪廓、到成型，接著就是星期六了。每個星期六，一塊靠在腿上的紙板，一枝筆，一氣呵成一個故事，那就是所謂的出神狀態吧。

九個故事，就像九幅畫一樣，是時空的切片，是瞬間的凝視，是即刻當下的生命影像。故事完成後，和現實人物後續的際遇變化，本已兩不相干了。但又漸漸覺得，另啓一個一年後的時空場景來反射映照，似乎也滿有趣的。何況，她的生日又快到了。於是決定在二〇一六年十一月十八日這天，再寫下作品裡的最終章〈女力時代來臨〉。寫完了，才赫然發現，時空的瞬間切片，原來並不是孤立抽離存在的刹那。每個即刻當下，都在開啓著新的時代、新的階段歷程。故事的片刻所凝視的，其實是生命記憶長河中的一個點滴。

或許平行宇宙是眞的存在的，或許在某一個宇宙世界中，岩崎麗子也是眞的存在的。儘管生命中承受的重量、光度、色彩，乃至悲喜苦樂是這麼樣地不同，但我心裡深深相信，麗子和我們這個宇宙現實中的數字1女子，她們的慈悲、良善、智慧，以及無比美麗的心性，是完全一樣的！

謹以本書，獻給這位偉大的數字1女人，我的妻子。沒有她，不要說就沒有這部作品，是根本沒有仍然能夠書寫的我。

識於二〇一六年十一月十八日

附錄

故事，等著我們將它說出來——藤原進三的寫作Q&A

編按：未曾發表過任何文學作品的藤原進三，初次創作，即寫出了《少年凡一》（二〇一七年四月遠流出版）與《彩虹麗子》這兩部難以歸類與定義的小說。正身陷囹圄的他，是懷抱什麼樣的寫作意識，在如何逼促侷限的現實環境下，踐履他「說個故事」的初衷？編輯部特以筆訪方式，讓作者自抒己見，以解答讀者可能的提問。

問：《少年凡一》與《彩虹麗子》原是你送給孩子與妻子的生日禮物，也可以說是傳達對家人的關愛的另類家書，當初為何採取「小說」這個文類？

答：起初寫《少年凡一》，只是想要說個故事給孩子而已，把原本的書名《凡一的心靈神話》定下來，就開始寫了。說故事，就是說故事，根本沒去考慮什麼文類、體裁、格式與類型的問題，當然也沒有自覺意識到這是不是一個會被歸類為「小說」的故事。甚且，這個故事要說多久、多長，怎麼鋪陳發展，怎麼收尾結局，在動筆之時都是一片空白。沒有預先設想，沒有情節架構。

反正，在環境的限制下，我只能一個星期寫一次、一章、一段故事，就這麼一路把故事說下去。

故事，是永遠沒有說完的那一天的。《少年凡一》的結尾其實不過是中場休息而已。時空的連續性，對人類而言是一個錯覺，對故事來說，反而是一種實相。故事一直綿延不絕地往前走，只等著我們隨時接續下去，只等著我們將它說出來而已。

《少年凡一》告一段落，故事人物原地解散不到一個星期，《彩虹麗子》的故事就出現了。《少年凡一》完稿和《彩虹麗子》啓動執筆，時間間隔只有兩個星期。也是先定下原書名《麗子的心情圖畫》，只知道要把女性人物、繪畫名作和彩虹數字三個元素整合起來作爲故事的內容，也沒去多想這樣算不算小說，甚至，算不算是所謂的文學。和《少年凡一》一樣，想到一位女性，寫下一個故事，下一位是誰，故事怎麼繼續，都不知道。不同的是，這次至少很確定，主角只有九位，故事只有九段，因爲數字從1到9只有九個。再者，《彩虹麗子》的說故事目的性比較清晰，是爲了向我所身處這個宇宙時空中的這位數字1女性致敬。

問：雖是小說，部分情節又帶有濃厚的自傳色彩，在寫作過程中，實與虛、眞與僞之間的取捨，有什麼用意與標準嗎？

答：現實與虛構、寫眞與杜撰、紀實與瞎掰，如何交錯、穿梭、混同、滲透、揉合，本來就是故事構成中最精采有趣的部分，或許，也是最考驗說故事者天分功力的地方。對我來說，刻意去區分奇幻小說或寫實小說，fiction 或 non-fiction story，純文學或大眾文學，社會派小說或私小說，是不存在於創作意識之中的。不過，虛擬和實境之間的操作統合，在一大堆實存的人事時地物之中，鑲嵌進自己的想像造作，在一連串架空的描述訴說之中，夾帶呈現客觀的事實眞相，的確是我這個說故事的人很愛的事情。寫完這兩個故事之後才想到，如果眞的要賦予它們一種類型標籤的話，說不定可以稱之爲「無邊際小說」。無邊際，是眞與假之間模糊化之後的一體化，是實境與虛擬之間界限的跳躍、忽略甚至泯除。在故事裡，不只表現在歷史、地理、文化與國族等的陳述，最好玩的是，讓時間與空間的限制條件解除。我們的生命活動，只能被拘束侷限在時空架構的次元裡面進行，透過說故事，時空的框架都可以突破了，眞假實虛還有什麼規範值得被遵守呢？當然，某種程度的故事合理性也是很重要的，怎樣讓聽故事的人信以爲眞，就是呈現說故事者天賦的關鍵所在了。

《少年凡一》和《彩虹麗子》另一個表現「無邊際書寫」的面向，是藤原一家三口的家庭生活和我與妻兒的居家互動模式之間的重疊複合，作爲第一位讀者的妻子說：看了這些故事的人，都知道我們家的生活方式了。確實如此，雖然沒有藤原家那麼地豪華，卻有著同樣濃烈的情感。而以小說人物「藤原進三」爲筆名，也可算是無邊際書寫的一種體現吧。

問：《少年凡一》以「催眠」召喚古今中外人物，《彩虹麗子》透過「數字」剖析當今著名女性，兩相對應，催眠與數字似乎都只是一個鉤子、一道橋梁，用來牽引出駁雜多元的人類文明星圖與心靈宇宙，請問當初選擇這兩種情節骨架，是否各有特別的緣由與考量？

答：直到兩部作品完成一年多之後的最近，看了美國神話學大師坎伯的名著《神話的智慧》，我才赫然發現，原來眞要說《少年凡一》和《彩虹麗子》是屬於什麼創作類型，應該可以算是「神話」吧。當時把書名暫定爲《凡一的心靈神話》還眞是有道理，只是那時候，自己其實並不清楚。

神話是什麼？坎伯是這麼說的：

神話，就是人的生活。神話的內容，在反射人與人之間、人與環境之間的關係。

神話，是眾人所作的夢；夢，是私人的神話。

神話，就是有情節的心理分析。

神話，是象徵和符號；象徵，是隱喻的，是精神性的指引。符號，是形象的，是事實性的樣態。

從這些定義標準看來，這兩部作品最貼近的形式，就是神話。故事裡的許多要素：人物的生活，集體潛意識和催眠，繪畫名作作爲象徵隱喻，以及彩虹數字作爲符號解碼，不都是神話的內涵嗎？

這些詮釋，都是事後發現的。在書寫創作的過程中，並沒有這樣的覺察和企圖。

即使用神話來概括歸類這兩部作品的形式，《少年凡一》和《彩虹麗子》在構造上卻又截然不同。前者，是時空的延展貫穿，人物跨越古今東西，神話的體質性格比較厚重；後者是時空的聚焦切片，是即刻當下凝視的瞬間，是女性人物、繪畫意象和數字密碼交會的同時性揭露。因爲帶有傾向現代傳奇的色彩，主角都是google得到活在當代的人物，可能容易令人忽略了它的神話本質，其實，書中每位女性的故事，既是傳奇，也是神話。

問：兩書牽涉的領域寬廣，尤其是《少年凡一》，涵蓋了神話、宗教、種族、歷史、藝術、文學、科學、自然與政治等，但字裡行間卻不見艱澀沉重，反而有種舉重若輕的優游自在。請問你是如何涉獵、吸收並消化這些大量的知識內容？身在囹圄，無法自由上網或上書店，如何解決蒐羅與查閱資料等問題？

答：《吠陀經》的「吠陀」（veda）這個字，原意有兩層，其一是「知識」，其二是「特定的傳達」。兩層涵義合起來，特定的知識，透過特定的途徑傳遞給特定的人，其實就是許多文化中神話的創造方式：神諭。

神藉由代理人口述或書寫的話語，就是人類流傳至今多數神話的來源。

寫作《少年凡一》和《彩虹麗子》的素材，我覺得與其說是知識，不如說是常識。很多東西本來就是我和孩子之間經常在生活中談話聊天的題材，像是跖和孔子的辯論，或是海森堡和哥本哈根學派在量子物理發展上的貢獻等。更何況，音樂、藝術和彩虹數字，本來就是妻子信手即可拈來的專長，我耳濡目染之餘，多少也能識得皮毛。這些日常生活中的常識，已經日積月累內化到我記憶意識的每一角落，起心動念就會自己跑出來。當然，愛讀書，大量的讀書，不分領域的讀書，對各式各樣各個學門的知識都很好奇感興趣，應該也有幫助。

寫作的另一類素材，與其說是知識，不如說是訊息。很神奇的，在書寫的時候，需要的資訊或是應該被寫進故事的材料會自動出現，好像訊息會自己跑來找我似的。在我工作勞動的垃圾分類場資源回收的廢棄書堆中，發掘出很多珍貴的寫作訊息，都正好是那一段故事情節所欠缺的。我眞的不知道這是單純的巧合還是眞有一股偉大的超自然力量在幫忙。總之，沒有蒐羅和查閱資料的情形，因爲，根本無從蒐羅和查閱資料。

雖然，訊息的傳遞很神奇，這兩部神話作品，應該不是什麼神諭。所有的知識、常識、資料、資訊，都是經過我的加工取捨才組織編入故事中的。這種有大量訊息的說故事方式，其實就是平時我和孩子講話的模式而已。

問：請談談你個人的閱讀習慣，是否有特別偏好的領域或作家作品？

答：就像藤原進三一樣，抱著一本書窩在專屬座位上做一顆沙發馬鈴薯，確實就是一直以來我的家居生活習慣。

這三年來不在家，看書的時間更多了。平均起來，一個月要讀二十本中文書、一到兩本英文小說或專業原典（比如麥特．戴蒙主演電影《絕地救援》的原著小說《The Martian》，五天就看完了；可是艾倫．狄波頓的《愛的進化論》（The Course of Love）才兩百多頁，卻讀了快一個月），加上超過四百頁的日文原版《文藝春秋》（我超愛塩野七生的〈日本人へ〉和船橋洋一的〈新世界地政學〉這兩個專欄）。至於雜誌期刊，除了《科學人》和中經院的《經濟前瞻》每期必讀之外，其他一般性的周刊、月刊合起來也有十幾本。

我不是看完一本書才換下一本，這樣太無聊。喜歡同時間看三到五本性質不同的書，一天之中，又是小說又是心理學，加上佛理、國際關係和機率論，就很有趣。

閱讀的範疇，有些領域和作者，已經變成一生關注的對象了，比如中國研究或是地緣政治學的新著作，會持續地追蹤。比如東野圭吾、宮部美幸或是費迪南．馮．席拉赫（Ferdinand von Schirach），只要有新書，就非得先睹爲快不可。從年輕時我就養成了一個習慣，愛上一個作者，就一定要把他的作品統統找來看完，從松本清張到湯姆．克蘭西（Tom Clancy），從龍樹到杜斯妥也夫斯基，都是如此。

另一個閱讀習性是，經常會一段時期熱中沉迷在一個特定主題的追求上，就想盡辦法把相關的書籍找來全部看一看。比如前一陣子著迷在新自由主義和反全球化，這陣子則是弄了六、七本行爲經濟學的英文書，K得痛苦不已，但也樂此不疲。最瘋狂的是有一次曾經一頭栽進量子物理的世界裡，竟然搞到請妻子送來一本微積分教科書開始自學自修起來，只是想要試看看能不能弄懂薛丁格方程式在講什麼。

問：從這兩部作品，尤其是《彩虹麗子》，可窺見你對當今國際局勢與政治生態的關注，這與你的背景經歷有關嗎？寫完後，對政治與文學是否有不一樣的體會？

答：與其說關注國際局勢和政治生態，不如說，我比較在乎的是人類共通性的處境、難題、挑戰，以及未來世界的想像和演進。比如說，相對於英國脫歐，川普當選，安倍修憲，更令我感興趣的是精英政治和民主體制效能的議題，是全球資本移動和貧富不均的議題，是民族國家正常化和高齡少子化社會如何因應跨境人口的議題。關切這些議題，和知識無關，和人有關。這些議題處理得不好，就是地中海濱難民喪生的悲劇，就是我們的年輕孩子大學畢業只有22K的悲哀，就是年金和健保體制必定破產的悲慘。

《彩虹麗子》故事所傳達的，對於人類處境的關切是其中一部分，但並不是我刻意想要描述的。說眞的，現在的我，沒那麼憂國憂民憂世界。我只是在說故事而已，只是想要說出、說好每一個數字的女性人物故事而已。相對於國際的、政治的、人類共通的議題，每一個個人的心性狀態怎麼樣從低階提升到高階，甚至達到超越終極的境界，毋寧是故事裡更重要、更根本的主張，構成了貫串整部作品的尋找與追求。這些，是數字9的無私無我，是數字6的慈悲布施，是數字2的寬恕包容，是數字5的眞愛自由。

這樣子的關注重心位置和力度向量區別，是不是就是政治與文學之間的差異，我不是很清楚。就好比，遠離政治之後，人性是不是就比較能夠可愛？對「人」有著更多關切的話，文學是不是就比較可以溫暖？我也不是很清楚。畢竟，在政治上，在文學上，我都不是一位成功者。

問：兩書把日本的文化與生活描繪得流利鮮活，讓人彷彿身歷其境，爲何對京都這麼熟稔？且兩書皆以生活在京都的藤原三口之家爲時空場景，如此設定的用意爲何？

曾說過這兩部作品是「不想書寫台灣的台灣書寫」，爲什麼不想書寫台灣？以及怎麼定義這兩部作品的台灣性？

答：正因為不想寫台灣，故事的場景當然只能是京都。正因為以京都為場景，故事的主角理所當然成了日本人。除了台灣，京都是我最熟悉的地方。如果出於難以一語道盡的個人情感糾結，台灣不能再作為我的故鄉，就只剩下京都這地方，可以讓我當成故鄉了。故鄉，就是既懷念又遙遠，閉著眼睛都歷歷分明的所在。京都這個城町，閉著眼睛，我都知道如何從四條大橋轉下河堤沿著鴨川走到出町柳；閉著眼睛，我都知道從銀閣寺的哲學之道，信步到南禪寺哪一段的櫻花開得最燦；閉著眼睛，我都知道從八坂神社爬產寧坂到清水寺，途中走多久會經過坂本龍馬遇刺的那家客棧，就在左手邊。

不想寫台灣，是因為主觀上、心理上，不想也不願對這塊土地有著像從前那麼強烈的執著依戀了，如果能一絲都沒有，最好。可寫完才發現，原來自己做不到。

神話既然是生活的投射，故事既然是經驗的書寫，兩部作品之中，就避免不了出現一些台灣的場面景象。比如說，京都國際交流會館旁的法義餐廳 Graustark，其實是以慶城街的 Joyce 為藍本。又比如說，開設選課秒殺西洋藝術講座的，是台北科技大學，不是京都產業大學。

如果場景的虛實借用，是想像力和經驗值的侷限，那麼情節敘述的影射暗喻，或許就是情緒思維的無法切割放下了。主角人物是日本家庭，但是，許多論說陳述的觀點可能還是滿台灣視野的。尤其是對兩位政治領導人的評價，有點擔心太過明顯針對地成爲敗筆。不想寫台灣，又沒有能力寫到完全沒有台灣的影子，這種矛盾與糾葛，大概就是這兩部作品的「台灣性」吧。

問：寫作過程中，是否曾遭逢撞牆或枯竭期？怎麼度過？請問這兩部作品的第一讀者：孩子與妻子，各自怎麼看待這份「禮物」？

答：我必須鄭重聲明，妻子與孩子，是這兩部作品的共同創作者。《彩虹麗子》之中所有關於彩虹數字學的概念，全部來自於妻子授課的講義教材。《少年凡一》故事裡凡一所遭遇的成長困境，都是孩子親口的眞實陳述。尤其是，書中那份「凡一的生命議題清單」，每一段每一句每一字，都是孩子的自我剖析，我只是原文照錄而已。

就好像那位全身癱瘓，失去所有能力，只能聽、看、眨眼的法國作家寫的《潛水鐘與蝴蝶》的狀態，相似地，現今的我，所有的能力都喪失了、作廢了，如同禁閉在潛水鐘裡一樣。身處鐵窗之內，隔著強化玻璃，當孩子哭著訴說那份清單上他的生命之軛與痛苦時，我只能拚命用力將耳朵抵住話筒聽著，拚命用力將雙眼盯住孩子看著，然後，拚命用力撐著不敢眨一下眼皮，怕一眨，淚水就再也止不住。就這樣，把會面的十五分鐘裡孩子的悲傷話語，每一個字都刻在心上，回到舍房，點滴不漏地記下來。

從那時候起，我才眞正明白，什麼能力都沒有了的我，唯一能爲妻兒做的，只剩下書寫。從那時候起，一個星期一章的故事，不間斷地寫，直到作品完成，沒有撞牆或枯竭。只是會經常不自主地問自己：困在潛水鐘裡的人，還有作夢的能力，究竟，是幸還是不幸？

《少年凡一》即將中止之前，孩子曾經要求我，故事不要停，不要有結局。他說：「求求爸爸，不要把凡一殺死。」直到我解釋了凡一永遠存在於他的時空中，我們隨時可以把他找回來，才甘心接受。至於妻子，在閱讀《彩虹麗子》的過程中，到底落淚了多少次，她自己能不能算得出來，我就不知道了。

問：《少年凡一》的寫作初衷是家書；是藉由說故事，思辨存在與信仰等心靈議題，試圖解決孩子的生命處境。但在創作過程中，是否也同時解答或梳理了你自身可能遭遇的疑惑或處境呢？

答：說理說教，倘若是父親的責任，在這一點上，我可能是不太稱職的。在陪伴孩子的過程中，除了彼此炫耀誰懂得比較多無用的知識之外，我總是不會一本正經，甚至，老說些不太正經的話。及至離家被囚，孩子逐漸成長而遭遇到愈來愈沉重的生命困境求助於我時，我已經連對他說理說教說笑話的時空環境條件都沒有了。

幸好，還可以說故事。

《少年凡一》的寫作動機，是爲了緩解孩子心靈中的矛盾煩惱。作爲一位還是很想說理說教的父親，就把想說的理和教，藉著故事中的九個記憶體人物，在結尾時以送給主角少年的一句話，說出來，希望孩子聽得進去。

這一說教行徑，本以爲是在爲孩子打磨一副面對人生挑戰的盾牌，誰知道，努力將之拋光透亮之後，竟成了一張映照我自己的鏡子。這些說給孩子的話，難道不是自我內在最深處想要告訴自己的言語嗎？

有人說，書寫，是一種自我療癒。創作的療癒效果，在我身上似乎不太明顯。寫作《少年凡一》，若說是在尋找生命疑惑的解答，倒不如說是讓更多問題得以浮現。這些問題像是：我應該更用力地去認識神，還是應該等待神來認識我？又像是：對於我曾經犯下的錯，誰能夠原諒我？對於我不曾犯過的錯，誰能夠平反我？或許反省得不夠，書寫得也不夠，我眞的，還不知道答案。

問：身爲作者，你希望讀者怎麼看待這兩部作品？預期他們從中看到或得到什麼？

答：現下，即刻當下，正在回覆這文字採訪時空環境下的我，已經不是那一個書寫創作時空條件之中的我了。

聯結二者之間的，是承載情感、心緒、感受、思維的記憶印記。現下的觀點，有多少比例能夠精準反映寫作當時的狀態，是應該有所保留的。對於過往時空情境的喚回，我只能盡力而爲。況且，作品完成，就已經獨立脫離於我，有了它自己的生命。如今的檢視討論，似乎也會相當程度地，主客觀立場位移而不自覺地，採取著評論者視角在看待「自己的」作品。到底現下是創作者還是評論者在發言？我其實滿爲這種角色混淆而覺得不安、不自在，所以心裡有點排斥自己再去談論已然存在於這邊、大家自己看就可以了的文字書寫。希望，我所有的說明詮釋，不要影響甚至誤導了讀者的閱讀感覺才好。

作品生成、離開我之後，就好像變成我的朋友一樣。讀者要怎麼看待它們，如何和它們互動交往，應該產生什麼樣的關係、感情，都不再有我說話的餘地了。頂多頂多只能提醒一下：這兩部作品，都只是在說故事。對於故事，喜歡或不喜歡可能是比較重要的。喜歡就好好看看，不喜歡就看看就好。當然，我還是衷心期盼，讀者們會喜歡我的作品，喜歡這兩位我的朋友。

附錄

彩虹數字學簡介

基礎認識

彩虹數字的概念和邏輯，源自於西方文明的傳承：造物主用數字來塑造這個世界，數字，是人類文明演進的成果。古希臘時期，畢達哥拉斯學派即認為：數字正是天地萬物背後的建構要素，數字就是上帝。彩虹數字學主張，只有數字才能描述這個世界，因為，這個世界是以數字的方式而存在。

彩虹數字學認為：生命可以解析，命運可以改變，不同意宿命論。對於宇宙世界實相的理解，秉持四大基本原則：一、宇宙世界充滿不確定性，每一個生命個體的未來和過去也充滿不確定性；宇宙世界同時存在不同的狀態，每一個當下生命個體也同時存在不同的未來和過去。二、宇宙世界的樣貌，是人的意志投射介入之後造成的。生命的未來走向和現實結果，也是人的意志投射介入之後所造成的。三、人的未來同時受到兩種力量左右：自由意志和機率。四、機率受因果關係的約束，自由意志和機率的結合，能夠改變因果關係的制約。

彩虹數字學的運算，本質上是依據「解析時間」而進行，立基於以下七項關於時間的概念：一、未來是可以改變的；二、未來可以被現在的選擇和行爲所改變；三、未來的可能性，是無限多的可能，同時地存在；四、每一個當下的選擇跟行爲，決定了未來無限的可能之中，哪一個成爲下一個當下的現實；五、每一個當下的現實都是過去產生的；六、從現在的當下看到的過去，是無數多過去之中的一個；七、不斷連續的當下，串流出我們的人生，給予我們「現在、過去、未來」的感受。

因此，「當下，是唯一的眞實」，構成了彩虹數字學的核心主軸。彩虹數字學的目的，在於生命的意義上，以奉獻自己作爲人類存在的自我超越方式。我們主張：唯有超越自我，成就自己之外的人事物，才能達到眞正的實現自我。

演算操作

計算公式：以1960年12月9日晚上11時59分出生爲例，若是單月單日，數字前要多加一個0；

至少要有年、月、日8個數字；時、分採24小時制，最大數字是23、59。

例：1960、12、09、23、59

年 1960＝1＋9＋6＋0＝16

月 12＝1＋2＝3

日 09＝0＋9＝9

時 23＝2＋3＝5

分 59＝5＋9＝14

計算階段生命方程式，須將每個數字加到成爲個位數。

例：年：16／7，代表老年階段生命密碼

年＋月：16＋3＝19，19／10／1，代表中年階段生命密碼

年＋月＋日：16＋3＋9＝28，28／10／1，代表青年階段生命密碼

年＋月＋日＋時：16＋3＋9＋5＝33，33／6，代表青少年階段生命密碼

年＋月＋日＋時＋分：16＋3＋9＋5＋14＝47，47／11／2，代表幼年階段生命密碼

生命方程式：16／7，19／10／1，28／10／1，33／6，47／11／2，以上是陽曆不同階段的生命方程式，農曆生日：1960年10月21日晚上11時59分，也依照同樣計算方法列出農曆不同階段生命方程式如下：16／7，17／8，20／2，25／7，39／12／3

先天數：生日的年、月、日數字，不管是陽曆的1、9、6、0、1、2、0、9，或是農曆的1、9、6、0、1、0、2、1都稱爲先天數。各自代表農、陽曆八個基本的個性配備，也代表上一世生命經驗值的記錄成績單。同時，先天數也是二十歲之前的個性基礎架構。

後天數：生命方程式之中，個位數以外的數字，稱爲後天數。

例如：16／，19／10／，28／10／，33／，47／11／，是陽曆後天數：
16／，17／，20／，25／，39／12，則是農曆後天數。

主命數：不同階段生命數字加總到個位數之後所得出的數字。

例如：/7，/1，/1，/6，/2，就是陽曆的主命數；/7，/8，/2，/7，/3，就是農曆的主命數。

不同階段主命數代表不同生命階段功課學習的主要目標。其中，青年階段尤其重要，其生命密碼涵蓋一生，代表了生命劇本的學習總目標。所以青年階段的主命數，是一生中最重要的功課，也是最主要的個性特質和配備。

陽曆與農曆：一陽一陰，合爲一組密碼。陽曆受到太陽磁場作用，稱爲天命數，屬於思維動力程式。農曆受到月球磁場作用，稱爲地命數，屬於行動動力程式。陽曆與農曆代表不同的能量運作模式，在每一個人身上交叉運作，人的行爲如此地複雜多變，包括：白天與夜晚，想法與做法，事業與情感，理性與感性等，都是在這十個數字和陽曆農曆的互動作用之下，形成各種必須進行解讀的生命密碼。

靈魂生命功課等級

彩虹數字學的解析運用，除了生命方程式中的生命數字密碼，還必須結合靈魂等級的定位詮釋，才能發揮奧妙精深的效果。所謂的靈魂生命功課等級，是指靈魂生命經驗的多寡程度，也就是靈魂的成熟度。彩虹數字學將靈魂生命功課定義爲七個等級，配合依照地球學制，區分爲七級。同樣的數字，靈魂等級不同，反應可能完全不同，給予的建議、提供的協助、指導的方式也都可能完全不同。

（本文節錄自岩崎麗子《麗子の彩虹生命數字學》）

國家圖書館出版品預行編目資料
彩虹麗子／藤原進三著. -- 初版. -- 臺北市：遠
流，2017.06
面；　公分. --（綠蠹魚叢書；YLM21）
ISBN 978-957-32-7978-5（平裝）

857.7　　　　　　　　106004910

綠蠹魚叢書YLM21
彩虹麗子

作　　者／藤原進三

總 編 輯／黃靜宜
執行主編／蔡昀臻
美術設計／朱疋
校　　對／施亞蒨
企　　劃／叢昌瑜、葉玫玉

發 行 人／王榮文
出版發行／遠流出版事業股份有限公司
地　　址／臺北市南昌路二段81號6樓
電　　話：（02）2392-6899　傳　　真：（02）2392-6658
郵　　撥：0189456-1
著作權顧問／蕭雄淋律師
2017年 6月1日　初版一刷
定價：新台幣280元（缺頁或破損的書，請寄回更換）

ISBN　978-957-32-7978-5
遠流博識網
http://www.ylib.com　E-mail: ylib@ylib.com